「俺は幸せですよ。
貴方と二人きりなのだから」
末っ子オメガ、獣人王の花嫁となる

末っ子オメガ、獣人王の花嫁となる

貴津

23843

角川ルビー文庫

目次

口絵・本文イラスト／小禄

■第壱話《いち》　あんた、嫁《よめ》に行きなさい。

「え……なにこれ……」

目の前に山と積まれたのは金銀財宝に錦《にしき》の織物、米に酒に珍《めずら》しい乾物《かんぶつ》も山盛り、家の外には羊と山羊《やぎ》がつながれメーメー鳴いているのが聞こえる。

家畜《かちく》が沢山《たくさん》外にいるのに良い香《かお》りがするのは、高級な香木《こうぼく》が香炉《こうろ》で焚《た》かれているからだ。その香炉も金と螺鈿《らでん》細工で彩《いろど》られた見た事もないような高級品だった。

貧乏《びんぼう》な田舎《いなか》の村長《むらおさ》一家の家は、国主のいる宮城のある都でも見かける事のないような調度品と財宝に溢《あふ》れかえっている。

「こちらは全て渾沌《フウブン》様から青蓮《チンリエン》様への結納《ゆいのう》のお品となります」

「俺への……」

青蓮は今まで袖《そで》を通した事もないような肌《はだ》さわりの良い絹の服を着せられて、その結納品という名の財宝の前に座らされていた。

目の前に積まれた財宝の横では仕立ての良い着物を着た男が恭《うやうや》しく傅《かしず》いている。

青蓮の住む国では配偶者《はいぐうしゃ》を娶《めと》る時には相手の実家に結納の品を贈《おく》るしきたりがあり、どんなに貧しい家でも結婚《けっこん》の時は花や穀物、裕福《ゆうふく》ならば家畜などを贈る。

「結納……」

目の前に積まれた品々を眺《なが》めながら青蓮は呆然《ぼうぜん》と呟《つぶや》いた。

五人姉弟《きょうだい》の末っ子で、オメガ性に生まれた青蓮は、いずれ誰《だれ》かの家に嫁《とつ》ぐとは思っていた。

オメガ性の者はその家の跡継《あとつ》ぎにはならず、他所《よそ》の家に嫁ぐのが一般《いっぱん》的だからだ。

だがそれは一般的だというだけで、今、すぐにでも結婚しないと死ぬような事はないし、青蓮には恋人《こいびと》も居《お》らず縁談《えんだん》もなく結婚の予定は微塵《みじん》もなかった。

つい、数日前までは——。


事の始まりは数日前。

「ちょっと、あんた、嫁に行きなさい」

五人姉弟の頂点に君臨する長女の春菊《チュンジウ》に叩《たた》き起こされるなりそう言われた。

「え?」

「え? じゃないわよ。嫁に行くのよ」

「いや、ちょっと待って、俺そんな予定ないよ」

「予定なら作ってきてやったわよ。ほらこれ」

顔の前に上等な紙に達筆で記された知らせ書きが突《つ》き出された。

その内容は読まなくとも知っている。昨日この知らせが公示されてから、村ではその話題で持ちきりだったのだ。

『白夜皇国《びゃくやこうこく》の第一皇子・渾沌殿下《でんか》の妃《きさき》となる者を募《つの》る』

募るなどと書いてあるが、それは体《てい》のいい花嫁狩《はなよめが》りだった。

次期皇帝《こうてい》の妃なんて書かれると素晴《すば》らしい縁談に見えるかもしれないが、こんなド田舎にまで張り紙を出して探さねばならない程《ほど》なり手がないのだ。

この公示に書かれている白夜皇国とは青蓮の住む華風《かふう》国に隣接《りんせつ》した国のことだが、白夜皇国は領土の広さも国力も比べ物にならないほどの大国であり、少しばかり作物の実りが良いだけの農耕国である華風国にとって最大の交易国でもあった。

それと同時に恐《おそ》るべき隣国でもある。それは白夜皇国が獣人《じゅうじん》たちの国だからだ。

この世界では人間と獣人の間には大きな身分の隔《へだ》たりがあり、白夜皇国以外では獣人の身分はきわめて低い。

しかし、白夜皇国では優《すぐ》れた体軀《たいく》の持ち主である獣人たちが皇帝のもとに統率《とうそつ》がとられ、他国に類を見ない強大な軍事力を有した。長く獣人を蔑《さげす》んできた人間の国々では、軍事強大国となった彼らに、いつ反旗《ひるがえ》を翻されるかと戦々恐々《せんせんきょうきょう》としているのだ。

そんな国に嫁に行くのを望む人間など居るはずがなく、都から遠くはなれた僻地《へきち》の青蓮たちの村にまで張り紙をして知らせて人を集めている。

集めているというのも正しくないかもしれない。

この知らせは国主からの命令に近い。

なり手がなければ、無理やりにでも——それこそ人柱として出さなくてはならない。

「……嫌《いや》な予感がする」

知らせ書きを手にニヤニヤと笑う春菊にそう呟くと、待っていましたとばかりに言い返してきた。

「だから、あんたが嫁に行くのよ」

「は、話通じないんだけど……」

自信満々に言う春菊の言葉が青蓮には全くわけがわからない。

「嫁候補の資格は健康で若い女性かオメガ性の者。あんたは歳もまだ若い、そしてこの村唯一《ゆいいつ》のオメガ性！」

「え、え？　ええ？　ちょ、ちょっとまって！　そうだけど、俺オメガだけど」

人間には男女という性別とは別にアルファ、ベータ、オメガという三つの性が存在している。

獣人にはアルファとベータしか存在せず、人間にはアルファとベータ以外にオメガ性が存在し、オメガ性は人間特有とされている。

オメガ性は男女の区別なく出産が可能で、特に獣人との相性《あいしょう》がよく獣人同士の男女間よりも出生率が高いので獣人たちには重宝されているのだそうだ。

「でも、俺、まだ結婚なんて……」

「なに言ってんのよ！　あんた、このままこの村でのんびり過ごして、誰のところに嫁に行くの？　言っちゃ悪いけど、この村にはロクな男がいないわよ？」

「そんな……」

言い淀《よど》む青蓮だが、それは考えなかったことではない。

男性オメガというのは中途半端《ちゅうとはんぱ》で差別される存在だ。

男なのに子をはらむという特異性と、特に獣人と番《つが》うことが多いというのも差別の助長をしてきた。

それだけではない。月に一度の発情発作《ほっさ》があり、発作の度《たび》に数日寝込《ねこ》んでしまう。農耕が主な産業であるこの世界では、力仕事が出来ず寝込むことの多いオメガは役立たずと言われてしまう。

生まれた村の人力として誰かに嫁ぐとしても正妻とは限らず、他所の村から見目の良さで望まれて嫁いでも、差別される身の上であるが故《ゆえ》、待遇《たいぐう》はあまりよくはないだろう。

だからこそ青蓮は結婚に消極的で、家でひっそりと暮らしていたのだが——。

「あんたの結婚相手なんて、幼馴染《おさななじ》みの農家の息子《むすこ》？　仕事は出来るが酒と女にだらしない、力仕事だけの男に嫁いであんたがやっていけるの？」

「いや、でも、他《ほか》にも……」

「他ねぇ？　酒造蔵《ぐら》の息子は嫁をもらったばかりだし、商家の好色親父《おやじ》の愛人に収まるのが良いなら止めないけど」

「……」

青蓮はもう返す言葉もない。幸せな結婚などというものがオメガに存在しないに等しいのは重々承知しているのだ。

「どんな男と結婚しても同じだっていうなら、相手はアルファの皇帝陛下、貧乏村の村長の末っ子が大出世じゃないの！　だからね、あんたの使命は唯《ただ》一つ！」

春菊がびしっと青蓮の目の前に指を立てる。

「あんた、嫁に行きなさい！」

こうして、青蓮は嫁に行く事となった。

——そして、冒頭《ぼうとう》の結納の話となるのである。

「謹《つつし》んでお受けいたします」

両親が使者に対して恭しく頭《こうべ》を垂れる。

青蓮がそれをボケッと見ていると、横に立つ春菊から肘《ひじ》でド突かれ、早く頭を下げろと足まで踏《ふ》まれて、青蓮はしぶしぶ両親に倣《なら》って頭を垂れる。

「……お受けいたします」

すると鹿《しか》と思われる黒っぽい角を持つ使者は、慌《あわ》てたように青蓮に頭を上げるように言った。

「青蓮様はこの先に后妃《こうひ》となられるお方。私どもに頭を垂れる必要はございません。青蓮様より位が高いのは白夜皇国現皇帝の白虎《バイフウ》様と次期皇帝になられる渾沌様だけです」

聞けば現皇帝である白虎様の后妃は早くに病で亡《な》くなられ、その後は側室も持たず独身を貫《つらぬ》いているのだという。

「白夜皇国では後宮は后妃様お一人のためのものなのです。側室を持たれた皇帝も居られましたが、皇帝陛下は世襲《せしゅう》ではなく広く国民の中から優れた者が選ばれますので、複数の側室を持って権力争いなどが生まれるよりはと、お一人で過ごされる方が多いのです」

使者はその事を誇《ほこ》らしげに語った。話の最後に「人間とは違《ちが》って」という言葉が聞こえてきそうだ。

五百年ほど前、長く奴隷《どれい》として扱《あつか》われていた獣人たちは蜂起《ほうき》し、窮奇《クオンクイ》という男をリーダーに当時大陸最大の国であった夜楼《やろう》国を滅《ほろ》ぼして新たに国を起こした。それが獣人たちの国、白夜皇国なのだという。

代々の皇帝は世襲ではなく、国内に生まれた獣人の中に稀《まれ》に完全に獣《けもの》の姿に変化《へんげ》できるものが現れ、その中から身体《からだ》と知能に優れたものが選ばれるそうだ。

徹底《てってい》した実力主義の国であったことから、建国から今まで国力が衰《おとろ》えたことはなく、人間たちもその存在には一目置くほどに、周囲に大きな影響《えいきょう》力を持つ国となっている。

そして、現皇帝が退位を決め、市中から選ばれたのが青蓮の夫となる渾沌皇子だった。

皇子は皇帝に即位《そくい》する際に妻を娶《めと》るのが国の中でのしきたりなのだという。

使者はそれは誇らしげに白夜皇国の起こりとしきたりについて青蓮に説明した。

（じゃあ、国の中で一番強い女でも選べばいいじゃん）

青蓮は胸の中でそっと毒づく。

オメガ性で生まれた以上、どこかに嫁《とつ》ぐのだとは覚悟《かくご》していたが、よりにもよって顔も知らぬ獣人《じゅうじん》に嫁ぐ事になるとは。

青蓮にはそこまで獣人に強い差別感はない。だが、普段《ふだん》接したことのない獣人への恐れはどうしてもある。

獣人たちの混じり具合は人それぞれで、何らかの動物の耳と尾《お》を持つだけのものから、獣の頭を持つもの、獣の半身を持つものなど色々いる。しかも、強いものほど獣の部分が多いと聞く。

(渾沌皇子って人間の部分があるのかな……)

国中から選ばれた一番強い男。そんな獣人はどんななんだろう。

「……って、俺って『花嫁候補《はなよめこうほ》』なんですよね？　他の方とかいるんじゃ……」

そうだ、他の村や町からも俺と同じように候補が人柱として出されているはずだ。

青蓮は疑問を率直《そっちょく》に口にしたが、使者は上品な笑《え》みを浮《う》かべて、しかし有無《うむ》を言わさぬ圧を漂《ただよ》わせて言った。

「青蓮様のような素晴《すば》らしいお方をお迎《むか》えできることになって、私どもにも大変な誉《ほま》れでございます」

「いや、その、他の……」

「青蓮様以上の方が居《お》られるはずもないと、我々も胸を張って国へ帰れます」

どう考えても何かあるなと思わされる雰囲気《ふんいき》だが、それと同時にこれ以上踏み込むことを許さない圧に負けて、青蓮は頰《ほお》を引きつらせて愛想笑《あいそわら》いを作った。

「ははっ……ありがとうございます……」

青蓮は天を仰《あお》ぎたい気持ちだった。

だが、もう、どんなに恨《うら》み言を言っても覆《くつがえ》りそうにはない。

花嫁としての仕度はすべて白夜皇国側が整えて来た。馬車に結納《ゆいのう》品と嫁入《よめい》りに必要な準備を積み込み、万全《ばんぜん》を期して村に現れたのだ。

豪奢《ごうしゃ》な馬車は十輌を超《こ》え、特に豪華《ごうか》な先頭の馬車以外には青蓮の前に積まれた結納品と花嫁のための仕度の品が収められていた。

使者との対面は家族全員正装で行われる事になり、青蓮は使者から渡《わた》された上等な赤い装束《しょうぞく》を着せられ、首にはオメガの純潔の証《あかし》とも言える豪華だがうなじを隠《かく》すような首飾《くびかざ》り、素晴らしい婚礼《こんれい》衣装をそろえられて、青蓮の家の中はすっかり祝賀ムードに溢《あふ》れていた。

窓の外を見ると最初は不安そうに見ていた村人たちの目が、今ではすっかり羨望《せんぼう》に変わっている。

こんな豪勢《ごうせい》な結納品も仕度も見た事がない。

村長《むらおさ》である父は公平な人間だから、きっとこの結納も我が家だけのものにはせず、この貧しい村のみなと平等に分かち合うことだろう。

オメガ性の男子は月に一度の発情があり、身体も大きくなく肉体労働には向かない。そのために出世するなら宮城に上がって役人になるなどするのだが、その器量も青蓮にはない。いずれどこかに嫁ぐまで、父親の仕事を手伝いながら毎日帳簿《ちょうぼ》に向かうだけの日々と比べれば確かに大出世には違いない。貧しい村に大金をもたらし、他国とはいえ皇族に嫁ぐ。しかも次期皇《こう》帝妃《ていひ》だ、これ以上の誉れがあるだろうか。

家族もそれがわかっているからこそ、この婚姻《こんいん》を受け入れたのだ。

そんな誉れをかなぐり捨てて逃《に》げたいなどとは絶対に言えない。

そもそも、末っ子オメガの青蓮には、姉という強大な存在の前に拒否権《きょひ》も何もないのだった。

緑鮮《あざ》やかな森林の中を豪奢な馬車が進んで行く。

森の中とはいえ、隣国《りんごく》への街道《かいどう》は整備され、馬車での移動は快適の一言だった。

(平和だ……)

何もする事はない。ただ為《な》されるがままに青蓮は白夜皇国への旅を続けていた。

馬車の中に乗っているのは青蓮のみで、従者たちは馬に乗り併走《へいそう》している。

獣人たちの大半は兵士であると聞いていたが、金属の胸当てと乗馬用の短いマント、あとは剣《けん》を腰《こし》に下げているだけと身軽で、本当に戦いなれているという感じがした。使者として失礼のない美しい装飾《そうしょく》のものではあるが、都から来た案内の衛兵たちは鋼《はがね》の鎧《よろい》をつけ大きな盾《たて》を持って馬に乗っていたので、これが護衛だと言われて驚《おどろ》いてしまったほどだ。

「私たちは獣人です。人のように戦うのに武器は要《い》りません」

青蓮の専属従者だと言われた銀兎《ユィンツー》という男が教えてくれた。兎《うさぎ》なんて字が付く名だがオオトカゲの獣人だという銀兎は額と手の甲《こう》に美しく玉虫色に光る鱗《うろこ》が生えている。

「人の姿の時は剣を使う事もあるので腰に剣を下げてはおりますが、いざという時は獣化して己《おのれ》の爪《つめ》や牙《きば》の方が剣にも勝る武器となるのです」

「獣人ってみんな獣化ができるのですか？」

「宮城に勤めているものはみな宮城の護衛をかねておりますので獣化できます。市井《しせい》にいる者たちは獣化できないものの方が多いでしょう」

「……渾沌様も獣化されるんですよね？」

「はい、もちろん。白夜皇国で一番強いのが渾沌様です」

それは道中何度も聞かされた。完全獣化が可能で、幼いうちから才能を発揮し、わずか十歳で近衛兵《このえ》へと召《め》し上げられた。獣人は幼くとも体の大きなものが多く、十歳とはいえ獣化した姿は七尺ほどの体軀《たいく》の主だったそうだ。

（十歳で七尺ってどんなバケモノなの⁉）

歳は青蓮と同じと聞いているので今は二十二歳のはず。

（もしかして、今は十四尺を超えてたりして……）

従者たちは縁談《えんだん》につきものの姿絵を持ち合わせていなかった。

渾沌様は素晴らしいお方です。大変な美丈夫《びじょうふ》でございます。と繰《く》り返すばかりで、どんな姿をしているのかについては頑《かたく》なに口を閉《と》ざすのだ。

「渾沌様は、四神の一柱と称《しょう》される初代皇帝《こうてい》陛下にも並ぶと言われる尊いお方です。青蓮様は何も恐《おそ》れる事はございません」

「はぁ……」

四神とは東西南北の四方をそれぞれ守り天界を支えるという神の事だ。人間の世界でも優《すぐ》れた才のあるものを神に喩《たと》えるが、これは獣人も同じなのかも知れない。

大丈夫ですと言われても、何を根拠《こんきょ》にそれを信じればよいのか。

せめて絵姿でもあればもう少し思い巡《めぐ》らすこともできただろうに。

従者たちから渾沌様は最強です！　最高です！　野性味のある美丈夫でいらっしゃいます！と言われても、青蓮の頭の中ではどんどん妖怪《ようかい》の様になっていった。

「青蓮様、ここからのご予定なのですが……このまま馬車で一日ほど進み白夜皇国内に入ります。ただ、この先は少し難所を越《こ》えねばなりません。休憩《きゅうけい》無く馬車を走らせる事となりますが大丈夫でしょうか？　もしお体にお辛《つら》い事があれば、一つ前の村まで戻《もど》ってお休みになられてから参りますが……」

休憩の度《たび》に張られる天幕の中で、青蓮がお茶を飲んでいると銀兎がやってきて言った。

時刻はまだ午前中だ。つい先ほど越えて来た村は馬車で走れば一刻ほどで戻れるが、戻って休みたいと思うほど疲《つか》れてはいない。

青蓮は人間でオメガ性という事で、獣人たちには体が弱いと思われているようだが、発情期ではないオメガは普通《ふつう》に他《ほか》のベータたちと変わらない。

「俺は馬車に乗っていますし大丈夫です。従者の皆《みな》さんはお疲れではありませんか？」

「お気遣《きづか》いありがとうございます。ここまでは私たちも戦《いくさ》とは違《ちが》って移動だけですから大した負担ではございません」

護衛についている者たちは全員兵士だが、従者である銀兎たちもみな従軍経験があるのだという。どうやら全員がそれなりに武術に長《た》けた者たちで固めてきているようだ。

「お恥《は》ずかしい話ですが、ご威光《いこう》を皇帝陛下が示されても国境付近では小競《こぜ》り合いが絶えません。これから越える森も交易に使われているとはいえ、あまり治安が良くないのです」

獣人が国を作り独立している事を良く思わない人間は少なくない。

「恥ずかしいのは俺たちのほうです……獣人が悪いわけじゃないのに」

青蓮は素直にそう思う。

獣人たちだって同じ命。それを奴隷《どれい》労力として欲《ほっ》して虐《しいた》げる事は決して許される事ではない。

村長を務めている父親にもそう言われて青蓮たち姉弟《きょうだい》は育てられた。

だからこそ差別することなく、青蓮が嫁ぐことに両親も強く反対はしなかったのだ。

獣人であっても身元が確かで裕福《ゆうふく》な嫁ぎ先には間違いないのだから。

（それはそれでちょっと違うんだよ～！）

青蓮はオメガ性で出産が可能だとはいえ、ただ子を産み育てる為《ため》だけに存在しているわけではない。

愛し愛されが難しいとしても、少しでも青蓮に寄り添《そ》ってくれる人と出会いたい。

でも、こんな風に嫁《よめ》を募《つの》るような状態で、その相手に恋情《れんじょう》を期待はできないだろう。

恋《こい》も知らずに嫁《とつ》ぐのだと思うと、胸が締《し》め付けられるような切なさがこみ上げてきた。

「……では、出発いたしましょう。青蓮様」

銀兎は急に黙《だま》り込んでしまった青蓮を励《はげ》ますように声をかけた。そして、てきぱきと休憩の為に供されていた茶器を片付け始める。

「青蓮様はこちらへ」

別の従者が青蓮の手を取って馬車へと誘導《ゆうどう》した。

銀兎もこの従者も軍人ではないというが、流石《さすが》の従軍経験者というか、素晴《すば》らしく体格が良い。背も高く、胸も厚く、袖《そで》から覗《のぞ》く腕《うで》は太く、林檎《りんご》の実くらいなら握《にぎ》りつぶしてしまいそうだ。

そんな面々に囲まれていると、青蓮は自分が華奢《きゃしゃ》な女の子にでもなったような気がする。

青蓮はオメガなので体軀もそんなに立派ではない。二十二という歳の割りには童顔でヘタをすると十六〜七くらいの少年に見られる。黒い髪《かみ》、白い肌《はだ》、獣人《じゅうじん》たちに比べると顔の作りは淡《たん》白《ぱく》で、のっぺりしているように思えてくる。

（ううう……）

馬車の中から、馬に乗って併走している銀兎を見て頭を抱《かか》える。

獣人は総じて彫《ほ》りが深く雄々《おお》しい者が多い。女性であっても体が大きく人間の成人男性より背が高いくらいだ。エキゾチックな風貌《ふうぼう》で見栄《みば》えも良い、故《ゆえ》に昔は多くの獣人たちが捕《と》らえられ奴隷とされていた。

（それに比べて俺は……）

童顔、童貞《どうてい》、低身長。姉弟の中に居たころは少々小さくても「末っ子だから」でごまかせたが、一人こうして離《はな》れるとそうはいかない。

上等な絹の衣装を着て、織物で飾《かざ》られた馬車に乗り、まるで花嫁《はなよめ》のような行列に身を潜《ひそ》めていると、ちんまりとした自分がどんどん情けなくなる。

（場違《ばちが》いすぎるよ……）

獣人の国の次代皇帝に嫁ぐ。

そんな壮大《そうだい》なイベントは青蓮の人生の中で予定されていなかったのだ。

青蓮はいまだに現実感の薄《うす》いまま、豪華《ごうか》な馬車に乗せられて嫁がされる。

この馬車旅の終わりには、自分の夫が待ち構えているのだ。

（ほんと、無理……）

そんな事を鬱々《うつうつ》と考えていたら、なんだか不意にそわそわとした気持ちが沸《わ》き上がってきた。

（え？　なに、これ？）

急に不安になるというか、そわそわと落ち着かなくなるというか。

婚姻《こんいん》前に気鬱になるという話を聞くが、これがそうなのだろうか？

『我が――よ』

青蓮が馬車の中で落ち着かない気持ちでいると、突然《とつぜん》、呼びかけてくる声がした。

体の中に響《ひび》き渡《わた》るような、ずしんと重い声。

(俺を呼んでる⁉)

慌《あわ》てて青蓮が馬車の窓から外を覗くと、さっきまで晴れ渡っていた空が驚くほど暗い雲に覆《おお》われていた。

「青蓮様、雨が参ります！　どうぞ、窓からお顔を下げられてお休み下さい」

顔を出した青蓮を見て、銀兎がすぐに馬を寄せて声をかけてきた。

「雨が来る……皆さんは大丈夫ですか？」

「問題はございません。我ら獣人にとって雨空は恵《めぐ》みにも等しい。濡《ぬ》れる事を厭《いと》う者などおりません」

水の匂《にお》いすら感じ始めた中で、銀兎はにっこりと微笑《ほほえ》む。

(そうか、オオトカゲだっけ、この人……)

他《ほか》の獣人たちの方を見ても、皆、空を仰《あお》いだり先を眺《なが》めたりして、どこか嬉《うれ》しそうな顔をしている。

(まあ、ずっと乾燥《かんそう》してたし、気持ちいいの……かな？)

そんな風に思いながら馬車の中へと戻った青蓮だったが、青蓮の気持ちは落ち着かない。そわそわしたりぞわぞわしたり、なのにどこか嬉しくなるような、なんだか情緒《じょうちょ》不安定な感じだ。

(なんだろうこれ……)

今まで感じた事のない自身の変化に戸惑《とまど》っていると、馬車の上空で稲光《いなびかり》が光った。

「わっ！　雷《かみなり》！」

思わず次に来る音に構えて身体《からだ》を竦《すく》めると、ドーンッと馬車全体が大きく震《ふる》えるような音がした。

「ひぃっ！」

雷ってこんなに衝撃《しょうげき》があっただろうか、馬車のすぐ傍に落ちたのか――？

「銀兎さんっ！　大丈夫ですか……」

急に静かになった外の様子を見ようと、馬車の窓へ視線を向けると、そこには黒くて赤いモノが窓をふさいでいた。

「!?」

ぞわっと肌が粟立《あわだ》つ。

黒くて赤いモノは、ぎろりと青蓮を睨《にら》みつける。

そこにあるのは巨大《きょだい》な目だった。

しかも一つではない。まるで列になるように大きな目が四つ並んでいる。

「ひっ、ぃ……」

青蓮は悲鳴を上げる事もできずに、馬車の奥へと尻《しり》で後退《あとずさ》り、ブルブルと震える事しかできない。

『お前か』

窓いっぱいの目がきゅっと弧《こ》を描《えが》くように細まる。赤い目が哂《わら》っている。

その禍々《まがまが》しさ！

「あ……」

胸が壊《こわ》れそうなほどの鼓動《こどう》に耐え切れず、青蓮は意識を失った。

暗く視界が閉《と》ざされる直前、黒くて赤いモノが馬車の中に入り込んできたのが見えた——気がした。

「青蓮様っ!?」

ピタピタと冷たい手で頰《ほお》を軽く叩《たた》かれて、青蓮は意識を取り戻《もど》した。

「あ、あれ……」

目を開けるとどこかに寝《ね》かされているようで、天幕と心配そうな顔の銀兎が見えた。

「ああ、良かった。気がつかれましたか」

「俺、気を失って……あっ！」

ぼんやりとしていた意識がハッキリして来るに従って、意識が遠のく直前に見たあの怪異《かいい》が鮮《あざ》やかに蘇《よみがえ》る。

「あ、あのっ、馬車に、バケモノがっ！」

「バケモノとは不敬な」

バケモノという言葉に応じたのか、褐色《かっしょく》の肌の男が青蓮の顔を覗き込んできた。

今まで見た事がない顔と肌の色だ。

「え？　誰《だれ》……」

見知らぬ男のはずだが、強く見つめてくる男の顔から何故《なぜ》か目が離せない。

再び鼓動が高まる。そわそわと気持ちが躍《おど》る。知らないはずなのに、この人だと頭の中で何かが訴《うった》える。

「俺はお前の夫になる男だ」

「え……えええええっ⁉」

驚《おどろ》きに頭の中のバケモノは消し飛んでしまった。

バケモノの次は、いきなりの皇子様のご登場とは！

「渾沌様⁉」

「如何《いか》にも」

鷹揚《おうよう》にそう応《こた》えた男は、青蓮が想像していたのとはまるで違《ちが》っていた。

四方に撥《は》ねるような癖《くせ》のある黒く長い髪《かみ》を後ろで高く結び、頭上には犬か狼《おおかみ》のような三角のピンと立った獣耳、褐色の肌《はだ》の顔は彫りが深く、確かに美丈夫《びじょうふ》といえたが——その格好が凄《すさ》まじかった。

上は素肌《すはだ》に黒い毛皮の短い上着を羽織っただけ、下は革製《かわ》の袴《はかま》を穿《は》いて黒い革の長靴《ブーツ》を履《は》いている。体格は素晴らしく良く、隣《となり》に居る銀兎が華奢《きゃしゃ》に見える。青蓮と比べたら身長が一尺は違いそうだ。

そんな男を一目見てまず思ったのは山賊《さんぞく》だった。山賊の親玉がいきなり襲《おそ》ってきたというのがしっくり来る――が、目の前のこの黒い男は皇子様なのだった。

「青蓮様が驚かれていらっしゃいますよ、渾沌様」

銀兎が渾沌に耳打ちするようにそっと進言する。

「ですから日頃《ひごろ》から、身形《みなり》はきちんとお整えくださいとアレだけ申しておりましたのに」

「お前の言うきちんとした格好では宮城からここまで来るのに時間がかかる。変化《へんげ》して飛ぶにはこの服が丁度良いのだ」

「……次期皇帝《こうてい》とも在ろうお方は、ご自分の足で飛んでは来られません」

「自分の嫁《よめ》を迎《むか》えに来て何が悪い。俺が来なければこの先で緑楼《りょくろう》の山賊どもに襲われていたところだ」

そう言うと渾沌はブンと大きく尾《お》を振《ふ》った。

緑楼国は白夜皇国と隣接《りんせつ》する国だが、どこの国とも正式には国交がない閉鎖《へいさ》的な国だ。元は白夜皇国に滅《ほろ》ぼされた夜楼国の残党が起こした小さな国で、常に白夜を狙《ねら》い続けている面倒《めんどう》な相手でもあった。

「山賊どもはいかがなさいましたか？」

き直って言った。

「皆《みな》、渓谷《けいこく》に突《つ》き落としてきた。生きている者は居《お》るまい」

「それはよろしゅうございました」

銀兎は態度だけは慇懃《いんぎん》な様子を崩《くず》さずに渾沌に向けて頭《こうべ》を垂れると、ついっと青蓮の方へ向

「青蓮様、こんな形でのご対面となってしまわれましたが、白夜皇国次代皇帝になられます第一皇子の渾沌殿下《でんか》でございます」

呆然《ぼうぜん》と山賊の親玉ならぬ渾沌を眺めていた青蓮はその言葉に我に返ると、あわてて飛び起きて正座をして頭を垂れた。

「華風国より参りました、青蓮と申します。第一皇子殿下には――」

「堅苦《かたくる》しい挨拶《あいさつ》はいらん」

「え？」

渾沌はひと唸《うな》りすると、あっという間に黒い影《かげ》が現れ膨《ふく》れ上がり、馬ほども大きさのある犬のような四つ足の獣に変化した。

『よく来た』

再び、ずしんと体に響《ひび》くあの声。

そして真っ赤な八つの目がカッと見開き、一緒《いっしょ》に大きな牙《きば》の並んだ口が裂《さ》けるように開いた。

「ひっ！　あ……」

言葉を失った青蓮の頬をべろんっとまるで犬のようにひと舐《な》めする。

（確かに野性味のある美丈夫……）

従者たちが何故絵姿を持参してこなかったのか、ほんの少し察する事が出来てしまった青蓮であったが、それを言葉にする事なく再び気を失ってしまったのだった。

■第弐話《に》　花嫁《はなよめ》は慎《つつ》ましく？

盛大な歓声《かんせい》に迎えられて、青蓮《チンリエン》は白夜皇国宮城《びゃくやこうこく》の大門を馬車でくぐった。

城下町に入ってからの沿道には知らせを受けた民《たみ》たちが集まり、ゆっくりと進む豪華《ごうか》な馬車を見ては寿《ことほ》ぎの声をあげている。

（うん、俺には全く目が向いていないけど）

青蓮は馬車から顔を覗《のぞ》かせてにこにこと愛想《あいそ》笑《わら》いをしているが、人々の目は青蓮よりももっと上、馬車の屋根の上の方を見ている。

馬車の上には青蓮よりも大きな黒い犬が悠々《ゆうゆう》と寝そべり、我関せずといった様子で時々あくびをしている——のが沿道に映る影で見て取れた。

銀兎《ユインツー》曰《いわ》く、民衆の前に渾沌《フウブン》が姿を現すことは大変珍《めずら》しく、しかも花嫁を連れてくるとの事で大変盛り上がっているらしい。

（よくわかんないよな……）

いきなり青蓮の前に現れた渾沌だが、山賊の親玉のような良く言えばワイルド、ぶっちゃけ野蛮《やばん》な姿で、無口ではないが言葉数が非常に少なく、あっという間に青蓮との会話は行き詰《づ》まった。

そして、行き詰まったまま、大した会話もなく今に至っている。

渾沌は青蓮が思い浮《う》かべる皇帝陛下とはかけ離《はな》れた男だった。

もちろん皇子様なんてのも程遠《ほどとお》い。

白夜皇国は新興の獣人たちの国ではあるが文化水準は非常に高く、周辺の人間の国を凌《しの》ぐものがあり、商人たちがこぞって交易に訪《おとず》れている。そんな国を治める代々の皇帝は戦士でもあり賢者《けんじゃ》でもあると言われていた。皇帝を神に喩《たと》えるのはそういったずば抜《ぬ》けた才があるからだ。話では渾沌もまたそうした代々皇帝が有していた優《すぐ》れた体躯《たいく》と突出《とっしゅつ》した才があっての選抜《せんばつ》だったのだと聞いていたのだが。

「俺は国を治める事に興味はない。ただ自分の縄張《なわば》りを侵《おか》すものを許さないだけだ」

民も土地も「俺のもの」だから守る。それだけのこと。

(俺も、そのうちの一つ)

渾沌に捧《ささ》げられる「嫁」も、渾沌の守るべき「俺のもの」の一つ。

渾沌にとって青蓮はそういうものでしかない。

(不満……なわけじゃない)

青蓮は馬車の中でつい引き攣《つ》りそうになる笑顔《えがお》を慌《あわ》てて取り繕《つくろ》う。

愛し愛されて結婚《けっこん》するわけじゃない。

それは仕方がない。オメガ性に生まれた以上、自由恋愛《れんあい》で結婚するのは半ば諦《あきら》めてもいた。

見合いで結婚するのもそういうものだろうと思っていた。

でも、こんな風に「貢《みつ》ぎ物」の一つとして扱《あつか》われるのは、思っていたのと少し違っていたから、なんだかとても寂《さび》しい事のように思える。

山賊の親玉にしか見えない渾沌だが、その姿を初めて見た時にほんの少しだけ胸がときめきもしたのだ。

青蓮とは比べ物にならないくらい圧倒《あっとう》的な強さを放つ者に対する畏怖《いふ》だったのかも知れない。でも、それでも、この人と生きて行くのだと思った時に、胸の高鳴りを感じたのだ。

(なのに……)

青蓮が二度目の気絶から覚めた後は、渾沌はすっかり興味を失ったようにぷいっと顔を背《そむ》け、獣姿のまま馬車の屋根へと登って行ってしまった。

その後はもう会話も何もなく、黒い犬は馬車の屋根から下りても来ない、青蓮も馬車の中で毛皮の敷物《しきもの》の上に座ったまま。

そわそわと落ち着かない気持ちは緊張《きんちょう》の表れだろうか。

そうやって、居心地《いごこち》の悪いものを感じながら、青蓮はずっと愛想笑いを保ちつつも無言で馬車に乗っていたのだ。

「こちらが婚礼の儀式《ぎしき》までの間、青蓮様にお過ごしいただく仮の宮でございます」

宮城の中に入り、銀兎に案内されて青蓮が連れて来られたのは、白い石造りに白いタイル張りの美しい神殿《しんでん》のような宮だった。

「こ、これが、仮住まいの宮なんですか？」

青蓮はその豪奢《ごうしゃ》な様子に言葉を失う。

天井《てんじょう》は遥《はる》かに高く、全ての窓が大きく作られている。故郷よりも少し標高が高い場所に宮城はあるのだが、陽《ひ》の光がふんだんに取り入れられているためにとても居心地が良い。

白を基調とした清潔な宮内には、到《いた》るところに緻密《ちみつ》な花の刺繍《ししゅう》のタペストリーや絨毯《じゅうたん》が敷《し》かれ、華やかに彩《いろど》りを添《そ》えている。

門をくぐってすぐに広間があり、その奥には食堂や湯殿《ゆどの》などがあり、広間から階段を上った二階は青蓮の居室になっていた。

居室だと言って通された部屋も広い。

実家で青蓮が暮らしていた部屋の何倍もありそうな部屋と、続きの間になっている大きな天蓋《てんがい》つきの寝台《しんだい》が置かれた寝室。その隣《となり》には衣装室もあり、開かれた棚《たな》にはぎっしりと宝飾品《ほうしょくひん》や着物が並べられている。

部屋には飾《かざ》り格子《ごうし》に曇《くも》り硝子《ガラス》のはめ込まれた洒落《しゃれ》た大きな窓があり、その向こうには美しい庭を見渡《みわた》せる露台《ろだい》まであった。

「ご新居は只今《ただいま》建設中でございます。落ち着かれましたら官吏《かんり》を寄越《よこ》しますので、青蓮様のご希望もお申し付け下さい」

「はい。渾沌様はあのようにあまり物事に頓着《とんちゃく》なされるご性格ではございませんので、全て青蓮様の良いようにとの御命《ぎょめい》にございます」

一見、全て嫁のためにというように聞こえなくもないが、あの渾沌の事だからそんなわけではないだろう。

「……要は、俺に丸投げした感じですか？」

「青蓮様が大変ご聡明《そうめい》な方で助かります」

銀兎の笑みがまぶしい。

銀兎は青蓮の専属ということだったが、渾沌と青蓮の住まう宮全体の責任者でもあり、官吏たちの信頼《しんらい》も厚い。

次期皇帝《こうてい》でもある渾沌に対して、慇懃《いんぎん》な態度は崩《くず》さぬものの、かなりくだけた様子も見せるのは乳兄弟《ちきょうだい》であるかららしい。

それだけではなく、白夜皇国は獣人《じゅうじん》の国で、人間の国の宮城のように王族や貴族然とした生活などはあまりなく、身分の差もそこまで大きく隔《へだ》たったものでもないらしい。

あとはあの得体の知れぬ次期皇帝に物を言って聞かせる事が出来る貴重な人材と言ったところか。

「え？　希望？」

短い間ではあるものの、共に旅をしてきた中でそれは十分に感じられた。

「青蓮様」

「は、はいっ」

不意に銀兎が真顔になって姿勢を正す。

「このような事を申せる立場ではございませんが、幼き頃《ころ》より渾沌殿下《でんか》と共に過ごしてまいりました乳兄弟として、渾沌様を何卒宜《なにとぞよろ》しくお願い申し上げます」

深々と頭を下げる銀兎に、青蓮は戸惑《とまど》いを隠《かく》せない。

「この先、渾沌様とご一緒に在られるという事は、青蓮様にとって喜ばしいことばかりではないと思われます。渾沌様は歴代の皇帝の中でも初代様に並ぶと言われるお方。何もかも規格外で、その、あまり人としての生活に向かないことも多いのです」

「それは……」

随分《ずいぶん》と不敬な話に聞こえるが、銀兎は心底心配しているようだ。

「恐《おそ》ろしいとお感じになる事も在るかもしれません。それでも、青蓮様、渾沌様をお支え下さいます様、重ねてお願い申し上げます」

青蓮は言葉を詰《つ》まらせる。

勝手な話だ。

青蓮側の都合も多少はあったが、青蓮に拒否《きょひ》権は殆《ほとん》ど無く、この異国に連れてこられた。皇帝妃《こうていひ》ともなれば生活に不自由はないだろう。それどころか今までよりずっと良い生活が約束されている。

でも、そういう事ではないのだ。

相反する思いを沢山《たくさん》抱《かか》えて、青蓮は馬車に乗ってやってきた。

そして、そういう事を全て承知した上で、今、この目の前の男は青蓮に頭を下げて願い乞《こ》うている。

渾沌という男をただ一心に案じて。

「……顔を上げてください、銀兎さん」

「青蓮様」

「確かに俺の意思を無視されたまま連れて来られました。それでも逃《に》げようと思えば逃げられたんです」

こうと決めたら譲《ゆず》らぬ姉に強制されたとはいえ、青蓮は形振《なりふ》り構《かま》わず逃げる事もできた。

その時には流石《さすが》に青蓮の家族も追っては来なかっただろう。

「それを逃げなかったのですから、ある程度の覚悟《かくご》はしてきました」

オメガがアルファに嫁《とつ》ぐのは幸せなことだ。

少なくとも番《つがい》になれば、月に一度の発情に苦しむ事もなくなる。

いずれ誰《だれ》かに嫁ぐ事になるなら、見知らぬ誰かの中では渾沌は最上級に位置するだろう。

青蓮にとって損な事ばかりではない。それもわかっている。

ただ、ほんの少しだけ、胸の奥にとげが刺《さ》さったように思うことはあるのだけど。それだけだ。

「これから、宜しくお願いいたします」

青蓮も銀兎に向かって深々と頭《こうべ》を垂れた。

あの渾沌と暮らすにあたって、銀兎なくして生活は成り立たないだろう。

「こちらこそ、これから宜しくお願いいたします」

銀兎ももう一度頭を垂れる。

異国に嫁いで、何もわからない事だらけの中で、銀兎という存在を得たのは青蓮にとって一番の幸運なのかも知れない。

「おい。話は終わったか?」

ほんのりと銀兎と交流を深めようとしていた矢先に、無粋《ぶすい》な声が割って入ってきた。

「何度来ても狭《せま》い部屋だな。別に婚儀《こんぎ》まで別に暮らせという決まりもない。俺の部屋に引っ越《こ》して来い」

のっそりと姿を現したのは渾沌だった。

普通《ふつう》に部屋の中に入ってきただけなのに、何故《なぜ》か急に部屋が狭くなったような気がする。

しかも、渾沌はさっきより露出《ろしゅつ》が上がっているではないか。上に羽織っていた毛皮の上着はなくなり、下に穿《は》いていた革《かわ》の袴《はかま》もない。上半身裸《じょうはんしんはだか》で腰《こし》に金糸の刺繍が入った布を巻いているだけの姿。

(風呂上《ふろあ》がりか!?)

足には辛《かろ》うじて革製のサンダルのようなものを突《つ》っ掛《か》けているが、腰布にサンダルだけでは殆ど裸のようなものだ。

そして頭にはピンと立った三角の犬耳と大人の腕《うで》ほどもある様な太い尾《お》。毛足も長く存在感のある尾が、ばっさばっさと左右に揺《ゆ》れている。

なんと言うか、先ほどまでの緊張感《きんちょうかん》が足元から抜《ぬ》けていくような虚脱感《きょだつ》を感じる。

（この尻尾《しっぽ》の振《ふ》りは、本物の犬と同じなんだろうか？）

確か、犬は機嫌《きげん》が良いと尾を振ったはず。ならば、渾沌は今、機嫌が良いのだろうか？

「どうした？　青蓮？」

渾沌が青蓮の顔を覗《のぞ》き込む。

黒い髪《かみ》、褐色《かっしょく》の肌《はだ》、赤い瞳《ひとみ》。

その奥にあるものを見てしまって、青蓮はゾクリと背を震《ふる》わせた。

視界を覆《おお》う黒、赤く笑う異形の目。

胸をつかまれるような緊張と恐怖《きょうふ》がよみがえり、青蓮は声を震わせた。

「青蓮？」

「い……」

「い？」

「嫌《いや》です！　謹《つつし》んでお断りします!!」

「え？」

一気に言い切った青蓮に、渾沌と銀兎が目を瞠《みは》る。

その視線に青蓮もハッとわれに返るが、言葉は口をついて出てしまった後だ。

何か上手《うま》く言い繕《つくろ》わねばと思って、口から出たのはどこの乙女《おとめ》かというような台詞《せりふ》だった。

「婚儀の前に一緒《いっしょ》になるなんてダメです！　ふしだらです！　お、俺は絶対そんなのは許しません！　結婚するまでは俺はここで暮らします！　渾沌様も清く正しく居城でお過ごし下さい！　男女七歳にして席を同じゅうせずです！」

「……お前と俺は男同士だろう？」

「俺を嫁《よめ》と思うのならば、言う事を聞いてください！」

ふーふーと肩《かた》で息をしながら一気に言い放った青蓮の迫力《はくりょく》に押されてか、渾沌は言われるまま にこくこくと頷《うなず》いた。

その後では「お見事です」とばかりに銀兎が手を小さく叩《たた》いている。

「俺の嫁は随分と貞淑《ていしゅく》なのだな……」

「次期皇帝陛下の御后《おきさき》様となられるお方です。素晴《すば》らしいお心得だと存じます」

「……そうか」

銀兎がしれっと付け加えると、渾沌は納得《なっとく》したようだった。

渾沌の住む宮へ移る事を全力で断ってしまった青蓮は、その後も何かと理由をつけて渾沌自身を避《さ》けまくる事となってしまった。

「無理です！　ダメです！　はしたない！」

青蓮の居る仮住まいの宮では、朝も早い時間から青蓮の声が響《ひび》き渡《わた》っている。

渾沌はその粗野《そや》な外見とは相反して意外とまめで、何かと青蓮のもとへ顔を出し、その度《たび》に自分の住む白璃宮《バイリィゴオン》へ来るようにと言ってくる。

その目的は一つ。

「俺の嫁は貞淑なのはいいんだが、発情したらどうするんだ？　オメガの発情は張り型で自慰《じい》をするくらいでは済む話でもなかろう」

渾沌の無神経この上ない台詞に、青蓮の眉《まゆ》はつりあがる。

確かにオメガには月に一度の発情があり、その期間は妊娠《にんしん》の好機でもあるが、殆どの場合、過ぎた欲情《よくじょう》に身を苛《さいな》まれ、薬を飲んでじっと堪《こら》えて過ごす。

青蓮の居た華風《かふう》国には発情の抑制《よくせい》に良く効く薬があるので、そこまで苦しむものではないが、それでも昏々《こんこん》と三日は眠《ねむ》りに落ちて過ごす。

「ご、ご心配には及《およ》びませんっ！　そんなものなど使わずに、薬湯を飲んで寝《ね》ていれば終わります!!」

それを聞いた渾沌は無言でずいっと身を乗り出すと、青蓮の腕をつかみ引き寄せた。

痛がる青蓮に構うことなく、青蓮の首筋に顔を寄せるとスンスンと匂《にお》いを嗅《か》ぐ。

「……よくないものの匂いがする」

渾沌の言葉を聞いた銀兎が、慌《あわ》てて青蓮が飲んでいた薬湯の茶碗《ちゃわん》を取り上げ匂いを嗅ぐ。

「……青蓮様、こちらの薬湯のご使用はお控《ひか》えいただきます」

「そんなっ！　華風国ではそれは当たり前に飲んでいるもので、必要な薬なんですっ！」

「オメガが短命と言われるのは、こういった無茶をなさるからでございますよ」

そんな事はその薬を飲んでいる青蓮は百も承知だった。

どの薬草が毒になるのかは青蓮にはわからないが、三日間、体がどんな状態にあっても意識が決して戻《もど》らず眠り続ける薬が健康に良いわけが無い。

「だからって、発情期が来たらすぐに番《つが》えるわけじゃないですし……」

「何を言っている。お前には俺が居《お》るではないか。俺がお前を孕《はら》ませれば何も問題は……」

バシッと乾《かわ》いた音が響く。

「馬鹿《ばか》にしないで下さい」

頬《ほお》を張られた渾沌はきょとんとして青蓮を見た。

叩いた青蓮のほうが痛みを堪えるような顔をしている。

そんな風に言われたくなかった。

悔《くや》しくて、唇《くちびる》をかみ締《し》めて、涙《なみだ》がこぼれそうになるのをじっと堪える。

「青蓮様……」

青蓮の様子を見て顔色を変えたのは銀兎だけだった。

「失礼します。私室《へや》に戻ります」

青蓮はそれだけ言うと踵《きびす》を返した。

(次期皇帝《こうてい》に手を上げるなんてとんでもないことだが、それで罰《ばっ》せられるなら胸を張って死ん

でやる）
そのまま、振り返ることなく青蓮は居間を出て行った。

◇

「今のは、渾沌様がよろしくございません」

銀兎は呆然《ぼうぜん》としている渾沌に声をかけた。

「何故だ？　俺と番えば青蓮はオメガの発情の苦しみから解放されるのだぞ？」

「そうではございますが、物には言い方というものがございます」

そうは言ったものの、この渾沌に人という弱く繊細《せんさい》な生き物の心情を理解させようとするのは難しいだろう。

「青蓮様は発情を抑《おさ》えるためにこの国に嫁《とつ》いで参られたのではありません。渾沌様をお支えするために、故郷とも家族とも別れて、縁《えん》もゆかりもない獣人《じゅうじん》の国まで来てくださったのです。もっと大切に、お慈《いつく》しみ下さい」

銀兎は無礼を承知で語気強く言ったが、渾沌は極《き》まりが悪そうに目を逸《そ》らしただけだ。

青蓮にもやんわりと伝えたが、この渾沌という男は何しろ獣人の揃《そろ》う白夜皇国に於《お》いても何もかもが規格外なのだ。

お目付け役として、長く傍《そば》にいる銀兎しか知らない事も沢山《たくさん》ある。もし、渾沌の真の姿が知

れ渡ったら、皇帝に仰《あお》ぐなんて事はせずに討伐《とうばつ》すべきだという声が上がりかねない。そのくらい、この渾沌という男は強すぎた。

その渾沌のために才メガの嫁は必須《ひっす》だった。

特殊《とくしゅ》な生まれであるオメガは獣人には生まれず、人間の間にも極《ご》くわずかしか生まれない。そのオメガの嫁を得るために国交のある華風国へ銀兎自ら出向き、宮城から離《はな》れた田舎《いなか》の村に渾沌と同じ年頃《としごろ》のオメガがいると聞かされた瞬間《しゅんかん》、他《ほか》の候補者は全て外し、銀兎は何としてでもその者を得よと指示を出した程《ほど》だ。

皇帝妃《こうていひ》として相応《ふさわ》しい候補者は何人かいた。最初に都で紹介《しょうかい》された者たちは、皆《みな》、貴族の娘《むすめ》で教養も作法も申し分なく、その上、獣人に対して偏見《へんけん》も無かったが、それだけでは条件は満たされない。むしろ、オメガである事だけが唯一《ゆいいつ》の条件だったのだが、人間社会でも微妙《びみょう》な立場にあるオメガ性の者を差し出せと言えるほどには、白夜皇国と他国との関係は友好的ではなかった。人間たちの認識《にんしき》からしたら、過去に獣人を奴隷《どれい》としたように、オメガ性の奴隷を寄越《よこ》せと言われるに等しいことだからだ。故《ゆえ》に表向きの条件は若く健康な女子かオメガ性の者とした。

そしてやっと得たオメガの花嫁だったが、人間の繊細な機微《きび》など読めもしない渾沌が何故《なぜ》かやたらとグイグイ押してくる。嫁探しに出向くと言った時は全く興味がなさそうだったのに、いきなり興味津々《しんしん》になって、わざわざ獣化して馬車までやってきたのだ。

青蓮がそれにドン引きしているのがよくわかっていたので、銀兎もできる限り堤防《ていぼう》となって間に入っていたのだが、何がそんなに気に入ったのか渾沌は今までに無いほどの執着《しゅうちゃく》を見せている。

（大体、花嫁など来ても食い殺すとまで言っていた渾沌様が、花嫁の身を案じて迎《むか》えに来る事からしておかしい……）

渾沌は皇帝になる事にも興味が無く、ましてや自分の枷《かせ》となるべき存在の番《つがい》を相当疎《うと》ましい存在だと言っていた。白夜皇国にもわずかだが人間も住んでいる。その中からオメガではないがもしかしたら合う者がいるかもしれないと、連れてきた貴重な花嫁候補たちを、渾沌は片っ端《ぱし》から脅《おど》して追い出し、その横暴さに国内では宮城に獣人の娘を勤めさせる事すら厭《いと》われるようになってしまった。

下手をしたら言葉通り娘たちを片っ端から食い殺しかねない勢いだった渾沌が、どうしてあのオメガの青年には執着を見せるのか。

（オメガだから……なのでしょうかね）

渾沌にとってオメガの番は「規格外」を「規格内」にする枷だ。

オメガと番うことによって、渾沌は荒《あ》れ狂《くる》うように無尽《むじん》に沸《わ》き出《いで》る力を振《ふ》り回すだけの「禍《わざわい》」から、地に足をつけ人の世に降りて事を為《な》す「皇帝」になる。

伝えられる話では白夜皇国の初代皇帝の窮奇《クォンクィ》もそうであったのだという。人智《じんち》を超《こ》えた力を以《もっ》て獣人たちを解放したのは良いが、今度はその力が収まらず獣人たちを滅《ほろ》ぼしそうになった。

その時にその荒《あら》ぶる力を宥《なだ》め収めたのが、オメガ性の皇帝妃だったのだという。

ただ、それは決して美しい話ではなかった。

オメガの皇帝妃《こうていひ》は、元は夜楼《やろう》国の兵士だった。捕虜《ほりょ》として囚《とら》われた兵士は最後の力を振り絞《しぼ》って脱走《だっそう》し皇帝暗殺を仕掛《しか》けた。兵士もかなりの力量の主だったが、窮奇の異常な力には敵《かな》わず、その場で強引《ごういん》に陵辱《りょうじょく》されてしまった。

その事によって窮奇の異常な力が収まる事を知った周囲の者たちは、兵士を皇帝妃とし、その後は死ぬ事も許さずただひたすらに窮奇の枷として生かし続けた。

それは獣人の国を建国した英雄《えいゆう》の昏《くら》い闇《やみ》と悲劇でしかなかった。

幸運にも、窮奇の次の皇帝は平和になり始めた白夜皇国に相応しい、良い意味で凡庸《ぼんよう》な男で、初代皇帝の悲劇を繰《く》り返さずに済んだ。

そして幾《いく》代か穏《おだ》やかな治世が続き、アレほどまでに特殊な皇帝は窮奇のみなのではないかと思っていたところに、渾沌が現れ、時を同じくして周辺国に不穏《ふおん》な空気が流れ始めた。

本来ならば渾沌のような過ぎたる者が皇帝になるのは好ましくは無い。窮奇の番とされた兵士の事をこの国の歴史を知る者で悔《く》やんでいない者はいないだろう。

しかし、再び国を取り巻く情勢は悪化しており、特に緑楼《りょくろう》国との関係はいつ戦《いくさ》になってもおかしくは無いところまで来ていた。彼らは滅ぼされた自分たちの国を取り返すべく長い年月をかけて力を蓄《たくわ》えている。

それに対抗《たいこう》するには初代皇帝のような「規格外」の皇帝が必要なのは明白だった。

銀兎はその必要性がわかるからこそ、青蓮を初代皇帝妃のようにしてしまうつもりは無かった。

アルファとオメガの間には時々本人たちの意思など完全に無視した、何か超越《ちょうえつ》した力によって結び付けられてしまうものがあるのだという。

自分を殺そうとした敵国の兵士と慈しみ合うなどという事は出来ず、兵士も窮奇を愛するなどという事は出来なかった。ただ強制的な何かによって離れる事が出来なくなってしまったのだ。

（運命の番……）

どんなに憎《にく》しみあっていても、その理《ことわり》から外れる事は敵わず。

最後の最後まで呪詛《じゅそ》の言葉を吐《は》きながら初代皇帝に侍《はべ》り続けた皇帝妃の記録は銀兎の脳裏《のうり》から消える事は無い。

そんな事にならないように、渾沌を諫《いさ》める事ができるのは銀兎だけだ。

「渾沌様にはもう少し人の心というものをお学び頂かないとなりません」

もし、青蓮が大事なのであれば。何か少しでも感じるものがあるのならば。

ただ孕《はら》ませて傍に置くのではなく、悲劇を繰り返さずに渾沌とともにあり続けてもらうために。

それは博打《ばくち》にも近かったが、銀兎にはそれに賭《か》けるしかなかった。

◇

か。

「うーーーっ！」

青蓮は自室に戻《もど》り、寝台《しんだい》に突《つ》っ伏《ぷ》したまま身じろぎもしない。

着せられた絹の上着がしわになろうが、付けられた飾《かざ》りで寝台の敷布《しきふ》が破れようが知った事か。

悔しくて悔しくて悔しくて、どうしてこんなにも悔しいのかわからないくらい悔しくて頭がどうにかなりそうだった。

何度も言うが覚悟《かくご》はしていた。無茶な触書《ふれがき》で集められた花嫁が真っ当な扱《あつか》いをしてもらえるなんて思っていない。オメガである事を喜ばれたのは、この国の獣人たちにとって都合が良いからだ。

決して、青蓮が一人の人として迎えられた訳じゃない。

それは本当に覚悟してきた事だったのに。

なんでこんなにも悔《くや》しくて、気持ちが揺《ゆ》さぶられるのか。

しかも相手はあの渾沌だ。

姿を思い出すだけで、背筋をゾクリと冷たいものが走る。

馬車の中から見たあの巨大《きょだい》な影《かげ》。黒くて赤い、覗《のぞ》き込む四つの目玉、にやりと嗤《わら》った邪悪《じゃあく》な何か。

その後に獣姿に変化《へんげ》していた時は大きな黒い犬のようだったが、多分、渾沌の真の姿はあんなものじゃない。

(あの禍々《まがまが》しい黒くて赤い獣こそが渾沌なんだ……)

それでも、そんな恐《おそ》ろしいバケモノに嫁《とつ》がされたのも諦《あきら》めの気持ちが少し出てきていた。

いつか生贄《いけにえ》にされるのだとしたら、痛くないようにやってくれるといいなぁと思う程度だった。

末っ子である事に甘え、姉兄たちに面倒《めんどう》を見てもらっていた青蓮は、あまり自我が強い方ではない。事あるごとに流され、なるようになるとしか思わず、姉の言うままにこんなところに嫁いできてしまうくらい押しが弱い。

(だからって嫌《いや》な事がないわけじゃない)

渾沌の「孕ませれば発情は止まる」という言葉はオメガであれば誰《だれ》もが言われるような言葉だ。

いい言葉ではない。侮蔑《ぶべつ》であり差別の象徴《しょうちょう》みたいな言葉だ。その度《たび》に人間扱いされてないなと思ってもへらへらと笑って流した。

オメガだから仕方が無い。体格の良いアルファやベータの男たちに敵うわけがないから仕方が無い。

心の奥底でこっそり傷ついたけれども、それでもそれを表には出さず事なかれ主義で生きてきた。

それが処世だと思っていた。

（なのに……）

渾沌の言葉が鋭《するど》い刃《やいば》のように胸に刺《さ》さって抜《ぬ》けない。

時間が経《た》てば経つほどじわじわと血が失われていくように胸が苦しい。

青蓮は傷ついたのだ。思わず手を上げて、それ以上の言葉を遮《さえぎ》ってしまいたくなるくらい辛《つら》かったのだ。

『俺が孕ませれば発情は止まる』

その通りだろう。アルファの、しかも獣人《じゅうじん》の渾沌と情を交《か》わせば孕む事も難しくない。

でも、渾沌にはそんなことを言われたくなかったのだ。

「発情を止めるためかよ……」

面倒な発情を止めるため。大した事ではない。そういう言葉の響《ひび》きが辛かった。

少し卑屈《ひくつ》に考えているかもしれないが、そういうものをすべて於《お》いても辛いものは辛い。

どうしてこんなに辛いのか。

この先は考えたくない。どうしてこんなに辛いのか、その原因が、青蓮の中にあるものに気がついてしまったら、もっと辛い事になる。

（渾沌様が――だなんて……そんなの認めてしまったら……）

今以上に苦しくなるのは間違《まちが》いない。ものすごく苦しくてみじめで……悲しい。

青蓮は涙《なみだ》を流すことすら悔しくて枕《まくら》に顔を押し当て唸《うな》っていると、窓の外で音がしたのが聞こえた。

「……ん？」

ごとごとと何かが動く音。

顔を上げて窓の方を見ると、薄絹《うすぎぬ》の窓掛《まどか》けの向こうに何かが動いている。

黒く大きな影。

「ひっ……」

咄嗟《とっさ》に脳裏に蘇《よみがえ》る獣《けもの》の姿に身体《からだ》を強張《こわば》らせる。

さっき手を上げた事を怒《おこ》って仕返しに来たのか。

寝台の上で身動きも出来ずに、窓掛けの向こうで揺れる影をじっと見つめる。

影は中の様子を探《さぐ》るような様子を見せながら部屋の中に入ってくる事は無く、しばらくするとすうっと溶《と》ける様に消えた。

青蓮の部屋は二階で、窓の向こうには露台《ろだい》がある。露台に上がってくる階段などなく、階下には兵士が警備を務めているので、普通《ふつう》であればそこに上がってくる事は出来ない。

そんな場所へ兵士に見咎《みとが》められずに上がれるのは――。

（……渾沌様）

青蓮は恐る恐る寝台から下りて、そっと足音をたてないようにして窓の方へ近寄る。

幾重《いくえ》かに重ねられた薄い窓掛けをゆっくりと捲《まく》ると、部屋の中に月の光が射した。

「満月なんだ……」

硝子《ガラス》のはめられた扉《とびら》を押し開けて外に出ようとして、何かに扉が引っかかる。

「え？　……杏《あんず》？」

足元には熟して食べごろの杏が盛られた籠《かご》が置かれていた。

籠を抱《かか》えあげると、甘酸《あまず》っぱい果実の香《かお》りがする。

「……餌付《えづ》けか」

多分、渾沌が持ってきたのだろう杏は、余程《よほど》の間違いが無ければこの部屋にいる青蓮への贈《おく》り物だろう。

行儀《ぎょうぎ》が悪いとは思ったが、青蓮は籠の中から杏を一つ取りだすと、甘い果肉に歯をたてた。

口の中に溢《あふ》れる杏の甘みと素晴《すば》らしい香り。

故郷で食べていたのと同じ味。

（この杏は俺の故郷の……）

雨雲と共に空を駆《か》けることができるなら、青蓮の故郷まで杏を摘《つ》みに行けるだろう。

（渾沌様が……）

それが意味するものを悪く曲解するほど、青蓮は擦《す》れてはいない。

口では少し悪く言ったものの、ずっしりとしたその籠の重みが嬉《うれ》しくて、気が付けば青蓮の胸の痛みは和らいでいた。

■第参話《さん》　故郷より来たる。

甘い杏の香りが部屋にまだうっすらと残る頃《ころ》、新たな故郷の香りを伴《ともな》った訪問者が青蓮《チンリエン》のもとに訪《おとず》れた。

杏の籠が露台に置かれた翌日。

銀兎《ユインツー》が神妙《しんみょう》な顔をしてやってきた。

「華風国《かふう》から使者が参りました」

「使者？」

そんな連絡《れんらく》は受けていない。

青蓮はもう華風国の民《たみ》ではなく白夜皇国《びゃくやこうこく》の民だ。皇族として名を連ねるのは婚儀《こんぎ》が終わってからになるが、今は貴族としての位を与《あた》えられ、宮城の中の仮の宮に住んでいる。

そんな青蓮に面会するためには、たとえ故郷の者でも事前に書面で伺《うかが》いを立ててから訪れるのが慣《なら》わしだ。

「はい。銀狐《ユインフウ》様と仰《おっしゃ》る方です」

「え？　銀狐兄さん!?」

華風国に居るはずの五人姉弟《きょうだい》の一人、宮城に勤めている次男の名前だった。

「やはり、お兄様なのですね」

銀兎は少し緊張《きんちょう》を解いたのか小さく息をついた。

「書状をお持ちではあったのですが、その、あの……」

銀兎が言葉を濁《にご》す原因はわかっている。

青蓮は苦笑《くしょう》して言った。

「俺と似てない……ですよね」

「ああ、いえ、ご兄弟とはいえ容姿が似るとは限りませんので」

兄が弟に会いに来た。本来ならば難しい事は何もないが、青蓮はすでに気軽に兄弟だからと訪ねられる身分ではない。事はそう簡単に済む話ではない。

しかも、青蓮と銀狐は全く似ていないどころか、銀狐は――。

「すぐにご面会の準備をしてまいります」

部屋を出てゆく銀兎の背を見送りながら、青蓮はなにか嫌な予感に眉《まゆ》を顰《ひそ》めるのだった。


「やあやあ、久しぶり、青蓮」

仮宮の謁見《えっけん》の間に満面の笑顔《えがお》で入ってきた男――銀狐は口調も軽く言い放った。

「さあ、家に帰ろうか」

謁見の間に集まった一同の気配が一瞬《いっしゅん》で固まる。

「な、何を言ってるのさ、兄さん」

謁見も何もない。不調法な様子を隠《かく》しもせず、銀狐はにこにこと笑みを浮《う》かべたまま高台へと足をかける。

高台の奥には正装した青蓮が座っているが、そこへ手が届く前に護衛の兵士たちが割って入った。

兵士の伸《の》ばした槍《やり》の切っ先が、銀狐の顔の前でぴたりと止まる。

「青蓮様のご兄弟とはいえ、青蓮様は第一皇子妃《ひ》であられます！」

さらにその間に銀兎が立ちはだかるように入った。

が、銀狐は笑みを崩《くず》すことなく、ぐっともう一歩踏《ふ》み出す。

「従者風情《ふぜい》が驕《おご》るでないぞ」

銀狐は懐《ふところ》に手を入れると人の形をした一枚の紙を取り出し、それを自分の前に立ちふさがる槍の切っ先に押し当てるようにしてから叫《さけ》んだ。

「来たれ！」

ガギンッと金属が重く打ち据《す》えられる音がして青蓮は思わず目をつむる。次に重いものが落ちてくるズンッと腹に響く音が襲《おそ》ってくる。

音が静まり、青蓮が恐《おそ》る恐る目を開くと、目の前に青銅の彫像《ちょうぞう》が立っているのが見えた。

「さあ、帰るぞ！　青蓮！」

「兄さん⁉」

青蓮の兄、銀狐は宮城に勤める近衛《このえ》術士だった。方術を用いて戦い、戦《いくさ》でも前線で隊を率いていた。

めったに家に帰ってこない人ではあったが、こんな風に滅茶苦茶《めちゃくちゃ》な事をするような人だっただろうか。

「させませんっ！」

ガギンッ！　ともう一度打ち合う音が響き、銀兎が満身の力をこめて青銅の彫像に挑《いど》んでいた。

青銅の彫像は驚《おどろ》いた事に銀兎とつかみ合い、力比べでもするようにギリギリと押し合っている。

「銀兎さんっ！　兄さん！　止めて！」

青蓮は二人に駆《か》け寄ろうとして護衛の兵士に押し止《とど》められた。

声の限り叫ぶが、銀狐は次々と青銅の彫像を呼び出して、集まってくる兵士たちを制圧しようとしている。

青銅の彫像は銀狐の命ずるままに兵士たちに襲い掛《か》かる。

中には獣《じゅう》化して青銅の彫像に挑んでいる兵士も居るが、ギリギリ拮抗《きっこう》するか歯が立たないものもいた。

「どうしようっ……」

それでも銀狐がどんなに強くても、一人では絶対に勝てない。

（このままでは——）

青蓮が次に起こるであろう最悪のことを頭に浮かべた時、不意に謁見の間の外が暗くなった。

「あっ……」

他《ほか》の者たちは誰《だれ》も気が付かないのか、青蓮だけが窓の方を見るとそこに大きな影《かげ》が過ぎる。

(渾沌様《フウブン》っ⁉)

天井《てんじょう》まであるような大きな窓の外を覆《おお》うような影。ちらりとこちらを見るあの目。

(目が合った！)

外に居る大きな影は、明らかに中の様子を覗《のぞ》いている。

まるで中に飛び込むタイミングを見計らっているかのようだ。

そして、ゆっくりと影は謁見の間の正面の扉へと向かう。

「渾沌様！」

扉《とびら》が開くや否《いな》や、部屋の中が一気に暗くなる。

黒い霧《きり》が部屋の中に満ちたように、外からの明かりも何もかも隠してしまうように、ズウンッと頭上から圧がかかるような気がする。

「我が国土に仇為《あだな》すは汝《なんじ》か！」

扉のところには腰《こし》布に毛皮を羽織っただけの渾沌が立っていた。

本当にただ立っているだけだ。刀もないし、獣化もしていない。

なのに、身動きをしたらその瞬間《しゅんかん》に首を落とされてしまいそうなほどの恐怖《きょうふ》が場を支配している。

(怖《こわ》い……)

花嫁《はなよめ》である青蓮を助けに来たはずなのに、その青蓮ですら膝《ひざ》が震《ふる》えるほどの恐怖を感じる。

「……白夜皇国、狂獣の渾沌」

さっきまでの笑顔を歪《ゆが》めながら銀狐が言った。

「狂犬《きょうけん》呼ばわりとは不敬な奴《やつ》だ。我は白夜皇国次代皇帝《こうてい》、渾沌なり」

渾沌はすたすたと銀狐に歩み寄る。その足取りには何の気負いもない。呼ばれたから来た。それだけのように見える。

周囲が圧されて身動き一つ取れない中、銀狐は得体の知れない圧に耐《た》えながらも背後に来た渾沌の方へと向き直る。

その動きは酷《ひど》くゆっくりとしていて、周囲から見ればまるで水の中で溺《おぼ》れているようにすら見える。

しかし、それでも銀狐は力を振《ふ》り絞《しぼ》って渾沌の胸倉《むなぐら》をつかんだ。

「止《や》めて！　兄さん！　無理だ!!」

それを見た青蓮が呪縛《じゅばく》を振り切って絶叫《ぜっきょう》する。

銀狐は強い。それは知っている。

国でも一、二を争う方術士であり、それが故《ゆえ》に家族から離《はな》れて兵となり戦にも行った。

でも、渾沌には敵《かな》わない。

青蓮にはそれが直感的に分かった。だから、ここで止めなかったら銀狐は殺されてしまう。

自分を押さえている兵士たちが恐怖に竦《すく》んでいるのを利用して手を振り払《はら》い、青蓮は気力を振り絞って高台から飛び降り渾沌のもとへ走り寄る。

願うのは銀狐へではない。

ここで願うのは――。

「お許し下さい！　渾沌様！」

渾沌の胸に縋《すが》り付く様にして飛び込む。

「愚《おろ》かな事をした事は謝ります。俺も一緒《いっしょ》にどんな罰《ばつ》でも受けます！　だから……どうか……兄さんを殺さないで……」

力いっぱいぶつかるように飛び込んでも、渾沌はびくともしない。それがまるで青蓮の言葉を拒絶《きょぜつ》しているようにも感じた。

しかし、ここで青蓮もあきらめるわけにはいかない。必死にしがみついて訴《うった》えていると渾沌の手がそっと青蓮の背を抱《だ》いてきた。

「それがお前の望みか？　青蓮」

「はい！　望みます！　心の底からお願いします！」

胸倉に手をかけた銀狐を庇《かば》うように後ろへとやり、青蓮は渾沌にすがった。

「では俺の宮へ来るか？」

「行きます！」

即答《そくとう》で頷《うなず》いた。そんな事で命が助かるならば安いものだ。

「青蓮っ！　何をっ！」

「兄さんっ！　黙《だま》って！　控《ひか》え！」

　まるで犬に命じるかの勢いで青蓮が銀狐に命じると、銀狐は思わず手を離し青蓮の背後に控えてしまった。そんな銀狐を渾沌はまじまじと眺《なが》めている。

「大体、先触《さきぶ》れの使者も遣《よこ》さず、いきなり訪ねてきた上に何なんだよ！　帰ろうってどういうこと？　俺はもうここの人間なんだよ⁉」

「でも、青蓮が連れて行かれたって……」

「連れて行かれたんじゃないの。俺が来たの！　宮城にも知らせが来てたでしょう！　その求めに応じて俺が来たの！」

「うぅ……」

　獣人ではない銀狐の頭に獣の耳はないはずだが、青蓮の言葉にへにょっとへこたれ、尻尾《しっぽ》を丸めている幻覚《げんかく》が見えそうなほど銀狐はへこんでいる。

「青蓮様、落ち着いてください……」

　何とか我を取り戻《もど》した銀兎がそっと青蓮に声をかける。

「ああっ、銀兎さんも怪我《けが》はないですか？　他のみんなも……」

「兄さん！」

　青蓮は他の者たちの様子を見まわした後に、キッと銀狐の方へ向き直った。

「はいっ！」

「壊《こわ》れたものを元に戻して！　その邪魔《じゃま》な青銅人形を消して!!」

「はいっ！」

青蓮の命に銀狐は逆らうことなく作業を始める。

「銀兎さん、兵士の皆《みな》さんに怪我人はいませんか？　大丈夫《だいじょうぶ》ですか？」

「はい、大丈夫です。青蓮様。軽い怪我はあるかもしれませんが、身体《からだ》に障《さわ》るような怪我の者は居《お》りません」

「ああ、良かった……」

渾沌に怒《いか》りを収めてもらった今、とにかく被害《ひがい》を出来る限り償《つぐな》うしかない。

怪我がないというのは何よりだ。

「お兄様は本気で私たちを攻撃《こうげき》したわけではないようですね。華風国の銀狐神仙《ユインフウシエンシイエン》が本気であれば、我が国の兵士でも無事ではありませんでした」

そう言って、銀兎も渾沌の方へと向き直り、頭を深く下げた。

「銀狐と聞いてすぐに分からなかった私に責がございます。どうぞ殿下《でんか》のお心のままに」

「お、俺も！　兄弟なので連帯責任です！」

青蓮と銀兎が二人して頭を下げると、じっと銀狐を見ていた渾沌が呆《あき》れたような声で言った。

「それを言うならば、こいつが来るのは俺にもわかっていた。どうでも良いかと見逃《みのが》した責があるな」

そして徐《おもむろ》に青蓮を横抱きに抱き上げると、銀兎に命じた。

「その男とは後で話をする。ここの片づけが終わったら呼べ」

「御意《ぎょい》」

銀兎の咎《とが》など最初からないと思っていたが、彼が許された事に青蓮は安堵《あんど》した。

(俺は……大丈夫かな……)

渾沌に抱かれたまま、青蓮は何事もなかったように謁見《えっけん》の間から連れ出される。

扉の向こうから銀狐の声が聞こえたような気がするが、もうそんな事に構っている余裕《よゆう》はない。

頭を肩《かた》にあずけ、頬《ほお》を胸に押し当てるような格好で抱きかかえられたまま、青蓮は今まで足を運んだ事のない宮へ連れて行かれる。

青蓮の居た仮住まいの宮周辺も美しく整えられていたが、こちらの作りはそれの比ではなかった。

朱金《しゅきん》の塗《ぬ》りの柱が続く渡《わた》り廊下《ろうか》は幅《はば》も広く屋根も高い。

見える庭園は素晴《すば》らしく、花のない時季だというのに緑が多く心和ませる庭だ。

(お香《こう》の香《かお》りがする……)

花の香りほど甘くはないが、清々《すがすが》しく優《やさ》しい香りがほのかに香っている。

(凄《すご》い……これが白夜皇国の宮城……)

しかもこれが本殿《ほんでん》ではないのだ。

本殿には皇帝陛下がいる。渾沌はまだ皇子でしかない。

(皇子の住む宮……)

抱きかかえられたまま宮の玄関《げんかん》をくぐる。使用人たちが左右に並び一斉に頭《こうべ》を垂れ、主《あるじ》を迎《むか》え入れた。

「お帰りなさいませ、渾沌様、青蓮様」

先頭に立っているのは赤い髪《かみ》に鳥の羽が交じっている男。

「桔紅《チユウフオン》、部屋は?」

「整ってございます」

簡潔に用件だけの会話を済ませると渾沌はわき目も振らずに宮の奥へと進んで行く。

後ろからは桔紅と呼ばれた赤毛の男と二人の従者がついてくるが、宮の規模に対して人がかなり少ないようにも思う。

規模としてはここの四分の一ほどしかない青蓮の宮と同じくらいしかいないようだ。

そして、そんなどこか寂《さび》しげな宮の最奥《さいおう》の部屋の前まで来た。

玄関からここまではかなりの距離《きより》がある。そして、その通路の両脇《りようわき》には護衛兵たちの姿も見えた。侵入《しんにゆう》する事も逃《に》げ出す事もできないだろう警戒《けいかい》振りだ。

(ここに監禁《かんきん》されるのかな……)

最奥の間、座敷牢《ざしきろう》の様な場所を思わず思い浮《う》かべてしまう。

銀狐の咎は到底《とうてい》許されるものではない。他国の第一皇子妃《ひ》の居城に入り込み、武力を以《もつ》て制圧を図《はか》ったのだ。幾《いく》ら次期皇帝妃《こうていひ》の親族とはいっても罪は罪だ。

（それどころか、俺も許されないだろうな……）

皇帝妃の候補ではあるが、他国の者をみすみす呼び込み、あんな騒《さわ》ぎを起こしてしまった。皇帝妃の候補から外されて、このまま慰《なぐさ》み者とされても仕方がない。

（慰み者で済めばいいけど。最悪、兄さんと二人で死罪の可能性もある……）

憂鬱《ゆううつ》な先しか思い浮かばない。銀兎は許されたようだが、そもそもの立場が全く違《ちが》う。

新参の皇帝妃候補と、その血族とはいえ他国の兵士。

この先どうなるのかを考える事も憂鬱過ぎて、青蓮は言葉もなく静かに目を閉じた。


「今日からここがお前の部屋だ」

渾沌はそう言いながら、青蓮を抱いたまま部屋の中に足を踏《ふ》み入れる。

「え！」

青蓮は思わず驚《おどろ》きの声をあげた。

座敷牢だなんてとんでもない。明るく暖かな日の溢《あふ》れる部屋がそこにはあった。程《ほど》よい広さの部屋の中には異国情緒《じょうちょ》溢《あふ》れる美しい調度品に彩《いろど》られていた。

「これが……俺の部屋？」

用意されていた婚儀《こんぎ》までの仮住まいの宮は、青蓮の故郷である華風国の文化を取り入れた調度品が揃《そろ》えられていたが、この部屋の中はまるで違った。

部屋の外の建物の様子などと比べても違うので白夜皇国風というわけでもないようだ。

「凄い……綺麗《きれい》ですね……」

青蓮は部屋の中央に置かれた寝台《しんだい》の上にそうっと静かに下ろされた。

部屋の中には渾沌の御印《おしるし》である赤と青蓮の御印である青が多くちりばめられている。

寝台には濃《こ》い赤に染めた布に鮮《あざ》やかな花の刺繍《ししゆう》が全面に施《ほどこ》された敷布《しきふ》が掛《か》けられ、まるで花畑の上に座っているような錯覚《さっかく》を覚える。天蓋《てんがい》からも薄青《うすあお》い薄絹《うすぎぬ》がたっぷりと流れるように下げられているが、その薄絹にも小花の刺繍がされていて、日の光に透《す》けると青空に花吹雪《はなふぶき》が舞《ま》っているようだ。

薄絹の向こうに見えるタペストリーには、決して派手ではないけれど、丁寧《ていねい》に絵物語が刺繍で綴《つづ》られている。それは青蓮も知る故郷の物語のものもあったが、異国の見知らぬ物語の絵姿もある。

他《ほか》にも家具や調度品はそれぞれ一つ一つが丁寧に作られ、揃いではないものの、そのアンバランスさがよい雰囲気《ふんいき》を醸《かも》し出している。

少しでもくつろげるように、少しでも楽しめるように。

この部屋をあつらえた人物のお気に入りばかりを集めた宝箱のような部屋だ。

「気に入ったか？」

「え？　ええ……」

「こういうのは好きではないか？」

寝台に座った青蓮の両手を握《にぎ》ったまま、渾沌はどこか不安そうに青蓮を見つめている。

「……お前のために集めたのだ」

青蓮は目を瞠《みは》る。

「どうしたら、お前が俺の宮に来てくれるかを考えていた……」

ぽつりぽつりと語る言葉を拾えば、青蓮が宮に来るのを断った日から、ずっと渾沌は青蓮が好きそうな調度品などを探し求めて、手に入れたものはこうして全部飾《かざ》り付けていたのだと言う。

「俺の為《ため》に……ありがとうございます」

「……気に入ったか？」

「はい。凄く素敵です」

「そうか！　ではずっとここにいてくれるか？」

「……渾沌様がお許しくださるのなら……」

「許す！　お前はずっと俺の傍《そば》にいるんだ」

渾沌がぎゅっと強く手を握ってくる。

その手がかすかに震《ふる》えている事に気がついて、青蓮は胸がいっぱいになった。

怒《おこ》らせた青蓮の機嫌《きげん》をとるように露台《ろだい》に置かれた甘い杏《あんず》の籠《かご》。

青蓮を迎えるために集めた、部屋の中を彩る沢山《たくさん》の調度品。

それらのどれも派手で目を引くようなものではないが、一つ一つが青蓮を思って選ばれた、心のこもった品物ばかり。

　青蓮はそこにこめられている心こそが嬉《うれ》しかった。

　今まで怯《おび》えて胸に影《かげ》を落としていたものはもう何もない。

「幾久《いくひさ》しく、宜《よろ》しくお願いいたします。渾沌様」

　青蓮がまっすぐに渾沌を見つめてそう言うと、渾沌は大きく目を見開いてブルッと身震いする。そして、静かに青蓮の手を引くとその腕《うで》の中に抱《だ》き込んだ。

「ああ、共に、幾久しく」

　力強いが優しく抱きしめられた腕の中から顔を上げると、いつもと変わらないけれど、どこかほんの少し優しく見える渾沌と目が合う。

　そして、二人は自然に引き寄せられるように唇《くちびる》を合わせる。

（渾沌様……）

　温かな胸の中で、青蓮はこれ以上ない幸せを感じていた。


　しばらくすると、銀兎が仮住まいの宮から色々な荷物を携《たずさ》えて渾沌の宮へと移ってきた。

「これはまた随分《ずいぶん》と集められたものですね……」

　沢山の調度品に飾られたこの部屋を銀兎も初めて見たらしい。

「新しい宮へ移られる時は、ここの調度品も全て持って参りましょう」

聞けばここに揃えられている品々は、一見地味で大人しいデザインだが、全てのものが宝石をちりばめるよりも高価な細工を施されているのだという。

「どれも何百年もの時を経ても使い継《つ》げるようなお品ばかりですから、渾沌様も末永く共に在るお方への贈《おく》り物として選んだのでしょう。こちらのタペストリーなど、白夜皇国と国交のない青波《せいは》王国の伝統的な織物ですね」

「え？　国交のない国の品なんですか⁉」

交易に特化している商人たちは、たとえ国同士につながりがなくとも渡る術《すべ》を持って入るが、そう言う品は非常に高価なものばかりだ。

「ああ、こちらは渾沌様が直接探しに行かれたのだと思いますよ。あの方は民草《たみくさ》に紛《まぎ》れてよく他所《よそ》の国へ出入りされているので」

「自分で⁉」

次期皇帝《こうてい》が自分で他国の市場に出向き買い物をしているというのか？

「ここしばらく、青蓮様のもとへお渡《わた》りになる以外は、殆《ほとん》ど宮城を抜《ぬ》け出して飛んで回っていたようですから」

「……これからは俺がきちんとお傍に居《お》ります」

銀兎は苦笑《くしょう》混じりにそう言ったが、青蓮がこの国に来てから渾沌がまともに宮城で職務に就《つ》いた日は殆どないのだろう。

青蓮はほんの少しそれを心のどこかでくすぐったく思いながら銀兎にも頭を下げた。

なんだか、どんどん渾沌の妃《きさき》になって行くなぁと思いながら。

「青蓮！」

翌日、渾沌に呼ばれ本殿《ほんでん》の謁見《えっけん》の間に足を踏み入れるなり、再び軽い調子で声をかけてきた銀狐に青蓮は顔を引きつらせた。

「兄さん……」

正面の高台には渾沌がむすっと不機嫌《ふきげん》そうな顔で座っていた。

服装は毛皮の上着に腰《こし》布という軽装だが、立派な誂《あつら》えの椅子《いす》に座っていると中々の貫禄《かんろく》に見える。

そして、その前には腕に縄《なわ》をかけられ、方術を封《ふう》じると言われる呪符を貼《は》られた銀狐が床《ゆか》に直接座らされていた。

「一緒《いっしょ》に帰ろうな、青蓮」

銀狐はどう見ても罪人の態《てい》で引っ立てられているにも拘《かか》わらずまるで緊張感《きんちょうかん》なく、入室してきた青蓮を見てにこにこと笑っている。

「兄さん、いい加減にしてくれよ！　俺はこの国に骨を埋《うず》めるの！　華風国には帰らない！」

青蓮は高台へ案内される途中《とちゅう》で思わず足をとめ、空気を読まぬ銀狐に言い返した。

「何を言ってるんだ、青蓮？　お前が望んできたわけではないだろう？」

「望んできたんじゃなくても、今はここがいいんだ！　国に帰る気はないよ！」

これだけはハッキリしておかなくてはならない。

青蓮はやっと白夜皇国――渾沌の傍に居ることを心から受け入れたのだ。

国に帰るつもりはないし、銀狐について行く気もない。

それに、これで銀狐について帰るなどとなったら、銀狐は間違《まちが》いなく死罪になるだろう。

渾沌を信じてはいるが、青蓮も銀狐も白夜皇国について含《ふく》むことはないことの証《あかし》をたてる必要はある。

「渾沌様、俺は渾沌様のお傍に居りますから！」

高台に座っている渾沌に向けてそう言うと、むすっとした表情は崩《くず》さないが椅子の後ろで黒い尾《お》がばっさばっさと揺《ゆ》れる。

「青蓮」

高台に上がり、渾沌の隣《となり》の椅子に腰掛《こしか》けようとすると、渾沌に手招きで呼ばれる。

何事かと一歩近付くと、まるで風にさらわれるようにふわりと身体《からだ》が浮《う》き、あっという間に渾沌の膝《ひざ》の上に座っていた。

「え？　ええぇ、渾沌様っ⁉」

「お前はここだ」

ツンとしているものの、尾は嬉しげに揺れ、耳は完全に青蓮を意識している。

（獣人《じゅうじん》って……こんなに分かりやすいものなのか！）

「青蓮っ!?　おい!　何やってんだ!　放せ!!」

銀狐が悲鳴のような声をあげて、左右に立つ兵士たちに立ち上がれぬようにぐっと押さえ込まれる。

「我が妻を膝に抱いて何が悪い?」

「このスケベオヤジめっ!　放せ!　離《はな》れろっ!」

銀狐は自分が恩赦《おんしゃ》を受けようと乞《こ》う立場である事はまるで気にせずに罵詈《ばり》雑言《ぞうごん》を怒鳴《どな》り散らす。

「渾沌様、すみませんっ、兄は昔から俺たち姉弟《きょうだい》の事となると見境がなくなってしまって……ご迷惑《めいわく》は俺からもお詫《わ》びいたします。どうか寛大《かんだい》なご処置を賜《たまわ》りますようお願いいたします」

青蓮は渾沌の膝に座らされて、真っ赤になりながらも縋《すが》るようにして願った。

「もう二度とこの国の地を踏《ふ》まないように言い聞かせますので、どうか……」

本来ならば死罪どころかその場で殺されても不思議ではない狼藉《ろうぜき》を銀狐は働いたのだ。

青蓮の兄弟である事を理由に、渾沌は銀狐を許すと言ってくれたが、いつ気が変わって罪人と落とされるか分からない。

「青蓮よ、兄と離れるのが辛《つら》いか?」

「え?」

「お前が望むなら、あの兄をお前の側仕《そばづか》えにしても良いぞ」

にやりと笑う渾沌はどう見てもロクでもないことを考えているように見えたが、青蓮は兄の命が助かるならばと必死だった。

「の、望みます！　お願いします！」

渾沌の毛皮の上着をつかみ縋るようにお願いする青蓮に、渾沌は一際《ひときわ》機嫌よく尾を振《ふ》ると後ろに控《ひか》えていた桔紅に命じた。

「首輪を持て」

「御意《ぎょい》」

桔紅は物陰《ものかげ》に控えている兵士から赤い絹に包まれた何かを受け取ると、それを持って銀狐の前にしゃがみこんだ。

「渾沌殿下《でんか》からの恩赦である。心して受けよ」

「はぁっ⁉　おい！　何すんだよっ！」

丁度、桔紅の背に隠《かく》れてしまって何をしているのか見えないが、桔紅に押さえ込まれた銀狐がジタバタと藻掻《もが》いているのがわかる。

「何だ⁉　これっ……」

桔紅が作業を終えて立ち上がると、銀狐は自分の首を両手で絞《し》めるような仕草をしたまま叫《さけ》んだ。

「首輪っ⁉」

「それは忠誠の首輪だ。その首輪をはめた者は俺に決して逆らうことはできない」

渾沌の言葉に銀狐が顔色を失う。

「クソっ、呪具か！　こんなもの付けられてこのままでいるわけないだろうっ！」

銀狐が首輪を引きちぎろうとした瞬間《しゅんかん》、渾沌がゾクリと冷えるような低い声で命じた。

「首輪を外してはならぬ」

「!?」

銀狐の動きが止まる。

「俺に逆らい、死ぬことも許さぬ。首輪をつけ、俺と青蓮に従え。お前はこの国に仕え、俺と青蓮を守るのだ」

簡潔な言葉での命だったが、それだけ突《つ》き刺《さ》さるように染《し》み入る。

華風国を捨て、白夜皇国の民となり、渾沌と青蓮——延《ひ》いてはこの白夜皇国の為《ため》に尽《つ》くせと命じたのだ。

「返事をせよ、銀狐。ここに忠誠の証をたてよ」

いつの間にか縄を解かれた銀狐がゆっくりと立ち上がり、渾沌の前まで歩み出ると膝をついて礼の姿勢をとる。

「銀狐神仙《ユインフウシエンシイエン》、今この刻より、御方《おんかた》の御世《みよ》続く限り忠誠を誓《ちか》います」

脂汗《あぶらあせ》をかきながら銀狐はそう告げた。

「神仙よ、その言霊《ことだま》しかと受けた。言霊の縛《しば》りある限り我が傍《そば》にある事を許す」

渾沌の言葉に銀狐はぎゅっと目を閉じた。

口約束と侮《あなど》るなかれ、方術を使う銀狐にとって、この宣誓《せんせい》は決して破れない縛《いまし》めとなる。破ることはできない。死んで逃《のが》れることもできない。渾沌の言葉のままこの国に身を捧《ささ》げさせられたのだ。

縛めだけではない、この呪具の呪《まじな》いを解こうとしたら、呪いは制約あるもの――渾沌と青蓮に返ってしまう。故《ゆえ》に銀狐は絶対にこの呪具に逆らうことができないのだろう。

「兄さん……」

青蓮の声に銀狐はビクッと身体をすくめ顔を上げる。

その瞳《ひとみ》には多様な感情が見て取れたが、それを慰《なぐさ》めることは青蓮には出来ない。

強引《ごういん》な手段とはいえ、こんな寛大な処置はない。死罪にも値することをやらかしておいて、宮城に、青蓮の傍に付く事を許してもらえたのだ。

青蓮は渾沌の膝からゆっくりと下りると目の前に立つ銀狐のもとへと歩み寄った。

傍に来て見ると、その首には黒い革《かわ》と銀の金具で出来た首輪がはめられている。

「青蓮……」

「……良かった……」

めちゃくちゃな兄だが、青蓮にとっては大切な家族だ。

こうして離れて嫁《とつ》いできても、それは何も変わらない。

そんな兄が死罪になるところなど見たくはない。

「これに懲《こ》りたら、渾沌様に感謝して！　しっかりしてくれよな。馬車馬のように働いて！　国に尽くして！」

「っ⁉」

青蓮の言葉に銀狐が再び固まり目を見開く。

「え？」

「はははははっ！　いたずら狐《ぎつね》が次は馬か！　我が妻は面白《おもしろ》いことを命じる」

愉快《ゆかい》そうに大声で笑う渾沌の言葉に青蓮は己《おのれ》の失態を悟《さと》る。

渾沌と青蓮に従え。

渾沌はそう命じていた。

「え、これって……」

「……流石《さすが》に、馬車を引くのは無理だぞ……」

銀狐はそう呟《つぶや》くと、首輪を付けられたときよりもがっくりと肩《かた》を落とす。

「よい。これからの働きに期待する。――桔紅」

「はい」

「華風国へ使者を出せ。外遊中の銀狐神仙のご来訪を我が国は歓迎《かんげい》する。神仙殿《どの》のお気が済むまで滞在《たいざい》を許可した。となＬ」

渾沌はそう言うと青蓮の方を見てにやりと笑った。

かなり強引ではあるが、こうして事態は丸く収められたのだった。

■第肆話《よん》　愛しき、我がオメガ。

「青蓮《チンリエン》、薬は飲んでないのか？」

朝起きると、青蓮の着替《きが》えを持って寝室《しんしつ》に現れた銀狐《ユインフウ》に徐《おもむろ》に尋《たず》ねられた。

銀狐は青蓮付きの従者となって以来、身の回りの世話を一手に引き受けてあれこれと青蓮の面倒《めんどう》を見ている。

本来ならば、銀兎《ユインツー》の配下の従者たちが面倒を見てくれていたのだが、銀狐はそれを全て追い出してしまった。

「薬は……止《や》めた方がいいって……」

何の薬かを問うまでもない。青蓮に向かって薬といえば、オメガの発情を抑制《よくせい》するための薬のことだ。

青蓮の元居た華風《かふう》国では、オメガの発情抑制剤《ざい》が庶民《しょみん》にまで出回っており、オメガはそれを飲んで苦しい発情期を乗り越《こ》えていた。

ただし、良く効く薬ではあったが、安価なだけあり身体《からだ》への負担が大きなものでもあった。

それを知られて、この国に来てすぐに、渾沌《フウブン》と銀兎から薬を禁じられてしまったのだ。

「そうか、それがいい。あの薬は俺も良くないと思っていた。何か他《ほか》の薬を俺が煎《せん》じてやろうか？」

「そうだね、兄さんにお願いしようかな。婚儀《こんぎ》が終われば俺も正式にお世継《よつ》ぎとか考えなきゃならないけど、今は発情は抑《おさ》えた方がいいだろうし……」

白夜皇国《びゃくやこうこく》は世襲《せしゅう》制ではないとはいえ、渾沌のように優《すぐ》れた者の血が残るということはこの国にとって重要なことだと青蓮は考えている。

だからこそ獣人《じゅうじん》との相性《あいしょう》もいいオメガの人間である青蓮が選ばれたのだ。

「青蓮様、お世継ぎに関しては、お悩《なや》みにならずとも大丈夫《だいじょうぶ》ですよ」

銀狐と一緒《いっしょ》に部屋に来て、食事の前のお茶の支度をしていた銀兎が言葉を挟《はさ》む。

「青蓮様は渾沌様のお傍《そば》にいていただく事が一番のお役目でございます」

「でも、渾沌様は優秀《ゆうしゅう》なお方だから血が残った方がいいでしょう?」

「いいえ。これは獣人独特な考え方かもしれませんが、獣人の子がまた獣人であるとは限りませんし、優秀な者の血が同じように優秀になるとも限りません」

「それは正しい考え方だ。人間の世界でも賢帝《けんてい》の実子が愚帝《ぐてい》であることは少なくない」

銀狐も銀兎の言葉に同意する。

「そもそもあの男が賢帝となるかどうかすらまだわからんのだから、青蓮がそんなことを悩む必要はないぞ。それより、発情期が近くてしんどいだろう?　俺が良い薬を煎じてやるからな」

「銀狐殿《どの》、薬であれば我が国の典医が良き薬を準備しております。心配はご無用です」

「は?　俺が煎じると言っているだろう。青蓮のことは俺が一番良く知っている!」

ぎりぎりと音が聞こえそうなほど笑顔《えがお》でにらみ合う銀狐と銀兎を見て仲が良いなぁと思いな

から、青蓮はそういえばそろそろ発情期の時期が来るなと思い出していた。

多分、銀狐は青蓮のフェロモンの変化に気が付いたのでそう言ったのだろう。

銀狐は多分アルファだ。銀狐自身は必死に隠《かく》しているようなのだが、青蓮には何となく分かる。それは兄弟だからではなく、青蓮がオメガだからだ。

「とにかく！　青蓮の薬は俺が用意する！　青蓮！　得体の知れん薬を貰《もら》って飲むんじゃないぞ！」

銀狐はそう宣言すると、青蓮の洗い物を籠《かご》に抱《かか》えて部屋を出て行った。

「別にいいのになぁ……」

「銀狐殿の薬にするかどうかは別として、私も青蓮様はお薬を飲まれた方がよろしいかと思います」

「……子供は出来ない方がいいのかな」

渾沌はやる気満々のようだったが、婚儀の前にそれに応《こた》えてしまうのはやはり妃《きさき》としては軽《けい》率《そつ》だろうか？

「いえ、お子様が授《さず》かればそれは大変おめでたいことでございます。問題は……渾沌様の方で」

「渾沌様？」

「渾沌様は清らかな御身体でございまして……」

「えっ！　童貞《どうてい》!?」

銀兎にこそっと告げられたのは衝撃《しょうげき》の事実だった。

獣人のアルファなんてやりたい放題食べ放題の百戦錬磨《ひゃくせんれんま》かと思っていた青蓮には俄《にわ》かには信じ難《がた》い言葉だ。

しかし、銀兎はコホンと一つ咳払《せきばら》いをしてから話を続けた。

「房中術《ぼうちゅうじゅつ》に慣れることなくここまでお育ちになられて、その……少し加減が分からないところがございまして……」

「加減？」

「アルファの胆力《たんりょく》の限界が分かっておいでではないのです」

ゾッとした。

オメガの発情はアルファの無尽蔵《むじんぞう》な胆力に耐《た》えるための防衛本能なのだというものもいるが、それだけアルファとの房事は激しくなりがちだ。

青蓮も経験があるわけではないのだが、アルファにやり殺されてしまう事故の話は何度か聞いた事がある。特に相性の良いオメガとの房事はアルファが理性を飛ばしてしまう事がままあり――要するに命の危険もある事なのだ。

「……俺、死にますかね？」

「そうならないためにも、渾沌様を上手《うま》く導いて加減させるところからはじめませんと」

銀兎は死ぬ事も否定せずに、青蓮に頑張《がんば》れと言う。

「俺も童貞ですよ⁉　そんな上手い事いくはずがないじゃないですか！」

「いざというときは、飲めば龍《りゅう》でも昏倒《こんとう》するという強い眠《ねむ》り薬などもございます」

「うわぁ……」

しれっと言われたが、いざとなったら一服盛って逃《に》げろという事だ。

それを次期皇帝《こうてい》陛下に対してしてもいいことなのかは別として、そのくらいヤバイという事なのか。

「まずは、典医より抑制の薬を貰ってまいりますので、青蓮様はお薬を飲んでお体をご自愛下さい」

銀兎はそう言うと、朝食の準備の為《ため》に部屋を出て行った。

朝食は渾沌と一緒に食べることになっている。

「……気をつけなくちゃ」

とは言うものの、青蓮は香《かお》りの良いお茶を口にしながら少し寂《さび》しい気持ちになっていた。


「甘い匂《にお》いがする」

朝食のための部屋に入ってくるなり渾沌が言った。

先に卓《たく》に着いていた青蓮はじっと自分を見つめてくる渾沌の目線にビクッと身体を竦《すく》ませた。

（え、何これ……）

視線がまるで熱を持った焼き鏝《ごて》のように青蓮を弄《いじ》る。

（熱い……？）

ただ見られているだけなのに、酷《ひど》く落ち着かない。

最初に渾沌に出会ったときも同じような感じだった。そわそわと妙《みょう》に不安で落ち着かなくなるのだ。

（あ、これって、もしかして……）

青蓮がその答えを頭の中で言葉にするより早く、渾沌がその言葉を口にした。

「発情期か」

身体に異変はまだ出ていない。そわそわと落ち着かないだけだ。

しかし、今朝、銀狐に言われたこと、時期的なもの、このそわそわとした違和感《いわかん》、どれをとってもこれから来るものを示しているようにしか思えない。

「申し訳ございません、渾沌様。本日は少し調子が悪いので私室《へや》へ……」

青蓮は慌《あわ》てて立ち上がり、渾沌と距離《きょり》をとるように部屋を出ようとしたが、どういう足の運びなのか音もなく一瞬《いっしゅん》で間合いを詰《つ》められ腕《うで》をつかまれた。

「渾沌様っ!?」

「おい！　なにをっ！」

傍《そば》に控《ひか》えていた銀兎と銀狐が慌てて駆《か》け寄ろうとするのを、渾沌は一睨《いちげい》して黙《だま》らせた。

「黙れ」

低い声で唸《うな》るようにそう言うと渾沌は青蓮を荷物のように抱えあげた。

「っ!?」

青蓮は何が起こったのかもわからず、抱えられ足早に部屋を出て行く渾沌に何も言えない。

(どうしよう、どうしよう、どうしよう……)

こうしている間にも渾沌はずんずんと廊下《ろうか》を進んで行く。

「渾沌様!?」

桔紅《チユウフオン》の声が聞こえた。するとこれは渾沌の私室の方のようだ。

「誰《だれ》もついてくるな。部屋にも寄るな」

渾沌が人払《ひとばら》いを命じる。

(これはいよいよもって拙《まず》いかな……)

青蓮の不安は募《つの》るが、どうしようもない。

銀兎の言っていた強力睡眠薬《すいみんやく》でもあったらよかったのかも知れないが。

そんなことを思い巡《めぐ》らしているうちに、薄暗《うすぐら》い部屋の中へと入ってしまう。

(これが渾沌様の部屋……?)

朝だというのに部屋中の窓に布がかけられ、灯《とも》されている明かりも最小限のようだ。

(初めて入ったけど……)

生活感のない部屋。担《かつ》がれた状態で見える範囲《はんい》には限りがあったが、家具らしい家具もなく、机の脚《あし》と椅子《いす》の脚、本棚《ほんだな》が見えるくらいだった。

青蓮の部屋とはまるで違《ちが》う。本当にあの部屋の為にいろいろと集めてくれた男の部屋なのだろうか？

「わっ！」

ぼんやりとそんなことを考えていたら、寝台《しんだい》と思《おぼ》しき場所に降ろされた。

以前のようにやんわりとではない。放《ほう》り出すような性急さだ。

「渾沌様……」

寝台の上にはとてもやわらかくて厚みのある毛皮が敷《し》かれていて、寝心地《ねごこち》は悪くない。放り出されてもその毛皮が受け止めてくれて痛みもなかった。

そして放り出された青蓮の上に、渾沌が四つ足の獣《けもの》のように手をついて覆《おお》いかぶさってきた。

「渾沌様っ⁉」

渾沌は青蓮の首筋に顔を寄せるとスンスンと匂いを嗅《か》ぐ。

「甘い匂い……オメガの匂いなのか……」

「⁉」

青蓮を押し倒《たお》すように抱《だ》きしめる。

力強い腕に抱きしめられると、青蓮にも甘い強い香りが分かった。

（これ……渾沌様の……）

その香りを嗅ぐと、胸の中に蜜《みつ》のような甘い気持ちがこみ上げてくる。

この腕から逃《のが》れなくてはと思うが、腕の中の心地よさにうっとりとしてしまう。

「だめ……んっ」

青蓮の精一杯《せいいっぱい》の声を渾沌は噛《か》みつくような口吻《くちづ》けで塞《ふさ》いだ。

何とか腕から逃れないとと思うのだが体に力が入らない。

青蓮がこれだけ渾沌の香りを感じるという事は、渾沌も同じく感じているのだろう。

オメガは発情期が訪《おとず》れると独特な香りを発してアルファを誘《さそ》う。それはアルファの暴走の引き金にもなりかねない強力な誘惑《ゆうわく》だった。

「渾沌さ……ま……ダメ……」

「青蓮……」

渾沌の息が荒《あら》い。顔を見るとギラギラとした目で青蓮を見つめている。

（このままじゃ……）

青蓮は必死に抗《あらが》おうとするが、熱に溶《と》かされるように流されてしまう。

伸《の》し掛《か》かられる重さと抱きしめてくる腕の熱さにこのまま身を任せたくなってしまいそうだ。

ハァハァと荒い息で渾沌は青蓮の首筋に顔をうずめているが、渾沌もどうしようもない熱に浮《う》かされているのだと感じる。

「ぐ……ううううう……」

しばらく強く抱き合ったままでいたが、渾沌は堪《こら》えきれないように獣のような唸り声を上げた。

「え？」

力強く抱きしめてくる渾沌の体がブルブルと震《ふる》えている。

「……渾沌様？」

その様子を訝《いぶか》しく思い、そっと名を呼ぶと身体《からだ》がビクンと大きく震え、渾沌は大声を上げた。

「があああああぁぁっ！！！」

「え、ふ、渾沌様っ⁉」

渾沌は自分の身体を青蓮から引き剥《は》がすように勢い良く起き上がると、己《おのれ》の太い腕に思い切り噛《か》み付いた。

ブツッと嫌《いや》な音がして、その白い歯が腕に食い込み、あっという間に血が溢《あふ》れる。

「渾沌様っ‼」

青蓮は慌てて起き上がり、噛み付いている腕に縋《すが》りつくが、血に滑《すべ》り、その手を牙《きば》から引き離《はな》すことも出来ない。

「止《や》めてくださいっ！　ダメ！　離して！　渾沌様っ‼」

渾沌は力いっぱい、己の腕を噛み千切らん勢いで食いついている。

何とかして止めさせないと腕に傷どころか、腕が千切れてしまうかもしれない。

「ばかっ！　そんなことするなっ！　やめろって！　やめろ‼」

引き離そうとつかみかかる手がどんどん赤く濡《ぬ》れて行く。ぼたぼたと飛び散る血を浴びて青蓮も血塗《ちまみ》れになってしまう。

「ばか！　ばかばか‼　渾沌っ！！！」

手を引き離すのを諦《あきら》めて、渾沌の体に縋るようにして抱《だ》きつくと、再びその身体が震えて、渾沌はやっと腕から口を離した。

「青蓮……」

腕の痛みが酷いのか、渾沌は酷く苦しそうな顔で青蓮を見ると、そっとその頰《ほお》を怪我《けが》していない方の手で撫《な》でた。

「汚《よご》してすまん、だが、これで耐《た》えられるだろう？」

「え？」

何が何だかわからず混乱している青蓮の唇《くちびる》にそっと触《ふ》れるだけの口吻《くちづ》けをする。

ほんの一瞬触《いっしゅんふ》れただけなのに血の味がして、青蓮は悲しくなった。

「俺はすぐに部屋を出る。銀狐を呼んでやるから面倒《めんどう》を見てもらえ」

「え？　ちょ、ちょっと、渾沌様っ⁉」

渾沌は寝台から下りて、さっさと部屋を出て行く。

「渾沌様⁉」

後には血に汚れた青蓮が一人残されてしまった。


「あいつ、派手にやったな！」

渾沌の部屋の寝台の上で血塗れになった青蓮が呆然《ぼうぜん》としていると、間もなく沢山《たくさん》の布を抱《かか》えた銀狐がやってきた。

どうやら渾沌は本当に銀狐を呼んだらしい。

「兄さん……渾沌様は……？」

「ああ、枯紅に止血されて朝議に行ったぞ」

「えっ⁉　あの怪我で⁉」

「出血してただけで、怪我は大したことない。俺の膏薬《こうやく》を分けてやったからすぐに治るだろう」

銀狐は会話しながら、持ってきた布で青蓮の顔や髪《かみ》を拭《ふ》いてやる。

「濡らして拭《ぬぐ》ってやりたいが、発情期が収まるまでは我慢《がまん》しろ」

「どうして、渾沌様はこんなこと……」

「血液には濃厚《のうこう》に精が含《ふく》まれているからな。この血の匂《にお》いがしている限りお前の発情期は酷《ひど》くならない」

「え？」

「オメガがアルファと性交することで状態が落ち着くのは、アルファの精が体内に入るからだ。これだけ血を浴びて精を受ければ、発情期の間くらい保《も》つだろう」

渾沌が己の腕《うで》を噛み千切って血を振《ふ》りまいたのは青蓮のため。

薬も飲まず辛《つら》い発情期が来るのに、婚儀《こんぎ》までは駄目《だめ》だと言っていた青蓮の気持ちを優先するために房事《ぼうじ》ではなく血を選んだ。

「しかし、俺を呼んだのは嫌がらせか！　他《ほか》のアルファのキツイ匂いに囲まれていると反吐《へど》が出る！」

銀狐はぶつぶつ文句を言いながら、血の汚れだけをふき取るように乾《かわ》いた布で血溜《ちだま》りを掃除《そうじ》する。

「そ、そうだ、兄さん大丈夫《だいじょうぶ》なの⁉　俺、発情期なんでしょ⁉」

「この部屋にいる限りは大丈夫だ。この匂いがある限り俺には何もできないからな」

「渾沌様の匂い……」

「それが分かってて俺を呼んだんだろうよ」

半分嫌がらせだな！　と銀狐は悪態交じりにため息をつく。

そんなことを言いながらも銀狐はせっせと掃除を続け、持ってきた布が全て血で汚れるとそれを籠《かご》の中に盛った。

「綺麗《きれい》に片付けてやりたいが、この布からの匂いもお前に必要なものだ。発情が収まるまで堪えてくれ」

「でも、俺、そんなに具合悪くないんだよ」

「それはこの血の効果だ。この血の上で、この匂いに包まれていれば、眠《ねむ》いとかだるいとかそんなモンで済むはずだ。――本当は俺がお前に血をくれてやろうと思っていたんだがな」

「兄さん⁉」

「言ってはなかったが俺はアルファだ。それに、お前と血のつながりもない。俺の血を飲めば、同じように精を受けて発情は収まる」

「え、ちょっと……何、言ってるの……？」

銀狐は寝台《しんだい》の上に腰掛《こしか》けると、ゆっくりと青蓮を自分の方へ抱き寄せる。

「他《ほか》の姉弟《きょうだい》たちには言っていない。親父《おやじ》とお袋《ふくろ》だけが知っている話だ。俺は親父の親友の息子《むすこ》で、実の両親は戦死している」

幼い頃《ころ》から知っている兄の匂い。

広い家で育ったわけではない。幼いころは五人姉弟集まって雑魚寝《ざこね》だ。その中でも末っ子の青蓮は最後までいつも誰《だれ》かと眠っていた。銀狐が急に戦地に向かうと言い出すまでは、ずっと銀狐と眠っていたのだ。

その腕の中の温《ぬく》もりを思い出す。

「……だからというわけではないが、俺はお前をいつか連れて逃《に》げようと思っていた」

「え？」

初耳だ。

「お前はいつか誰か知らないアルファの男のところに嫁《とつ》ぐのだと言って、いつも何をするのも躊躇《ためら》っていた。――俺が宮城に上がるときも一緒《いっしょ》に行こうと言ったのを覚えているか？」

「うん……」

銀狐が方術士として近衛《このえ》隊に召《め》された時に、青蓮も一緒に宮城のある都へ行って大学へ行けという話があった。

しかし、青蓮はそれを断ったのだ。それよりは地元に残り、村で手に職をつけたいと。

「どうせどこかに嫁ぐのだと、学士の道も諦めた」

銀狐は青蓮がいつも本を読んでいるのを見ていた。

物語や歴史書を読み漁《あさ》り、他国の文化にも興味をもっていた。ならば学士となって研究の道もあろうと、大学への進学を言い出したのは銀狐だったのだ。

「俺がつれて逃げれば、お前は発情の苦しみからも解放されて、好きな道を歩む事が出来る。大学へ進むのも遅《おそ》くはない。お前はまだ若いのだから……」

「待って！　兄さん！」

青蓮は銀狐の言葉を遮《さえぎ》るようにして止める。

「俺はこの国に嫁いできたんだ、渾沌様の番《つがい》になるんだよ」

「それがどうした？　アレを倒《たお》すには及《およ》ばないとしても、ここから二人で逃げるくらいならば何とかなる。青蓮――」

銀狐が琥《こ》珀色《はくいろ》の瞳《ひとみ》で青蓮の眼《め》をじっと覗《のぞ》き込んでくる。

「俺と一緒に地の果てまで行こう、青蓮」

「兄さん……」

白い肌《はだ》、豊かな赤銅色《しゃくどう》の髪、琥珀の瞳。見慣れた兄のものでありながら、どことなく初めて見る見知らぬ男の目を覗き込むような不安感。

引きずられて頷《うなず》いてしまいそうになるのを、青蓮はぐっと堪《こら》えた。

青蓮の胸の奥では分かっているのだ。

「俺が番《つが》うのは兄さんじゃない」

血で汚れたままの自分の手のひらを見る。

この血はそこら中に飛び散っていて、銀狐が乾いた布で拭いてくれた後も、そこかしこにシミを作っている。確かに発情期が来ようとしていたのに今は随分《ずいぶん》落ち着いている。

そして、アルファである銀狐に抱《だ》きしめられても、青蓮は何も感じていない。

むしろ、そわそわと落ち着かないものがあるとすれば、渾沌がここにいないことについてだけだ。

「……兄さんとずっと一緒に居て、何となく、本当に何となくなんだけど、兄さんがアルファなんだろうなって感じてた」

「青蓮……」

「兄さんが俺を大切に思ってくれているのも嬉《うれ》しかった。だから、もし俺が誰かを選べるのなら兄さんを選びたいと思ったことも……すごく子供の頃だけど、思ったこともあったんだ……でも、渾沌様に会って俺はわかってしまった」

「……」

「上手《うま》く言葉にできないけど、俺にとって渾沌様は全く違《ちが》ったんだ」

話はしないのに傍《そば》に付きまとって離《はな》れたがらなかった渾沌。

失言に青蓮が怒《おこ》ったとき、そっと杏《あんず》の籠を持ってきた渾沌。

青蓮が苦しまぬようにと自らを傷つけて血を与《あた》えてくれた渾沌。

渾沌が望むままに抱いてしまえばいいのに、青蓮の気持ちを優先して……。

「なんだろうね。燃え上がるような恋《こい》ではないけど、俺は渾沌様に十分絆《ほだ》されちゃってるんだよね……」

渾沌の血に汚《よご》れたままの顔で、青蓮はそう言って微笑《ほほえ》んだ。

「俺はこの人に……渾沌様に出会うために来たんだってわかっちゃったんだ」

「青蓮……」

名を呼びかけて、感極《かんきわ》まったように声を詰《つ》まらせると、銀狐は青蓮の身体《からだ》をギュッと抱き寄せた。

「お前があのバケモノと番おうと、俺の弟である事には変わらない。青蓮、俺は生涯《しょうがい》お前を守るよ」

「兄さん……」

青蓮は銀狐の震《ふる》える肩《かた》をそっと抱き返した。


それから青蓮は発情期の大半を渾沌の寝台の上で過ごすこととなった。

薬を全く飲まない発情期は久しぶりで、さぞきついことになるかと思いきや、渾沌の血の効果は絶大だった。

うつらうつらとまどろみながら、何故《なぜ》か甘く香《かお》る匂いを嗅《か》いでいると自然と眠気《ねむけ》が深まる。

アルファのフェロモンに反応するのとはまた違う不思議な感覚だ。

渾沌の傍にいると確かにフェロモンを感じる事がある。甘くねっとりと包み込まれるような香りで、その香りに晒《さら》されているといつしか身体に熱が灯《とも》り始めてしまう。

なのにこの血の香りはそうではなかった。

同じ甘い香りでも、心が落ち着き、ゆったりと深い眠りに誘《いざな》われる様な安らかな香り。

「少し飲めるか？」

銀狐に抱き起こされて、口に匙《さじ》を当てられる。ゆるりと唇《くちびる》を開けば甘い果実の汁《しる》が流し込まれた。

食事もしないでまどろみ続ける青蓮の世話を焼いているのは銀狐と銀兎だ。

「大分、お顔の色も戻《もど》りましたね。少し部屋の換気《かんき》をしましょう」

「青蓮の匂《にお》いも大分落ち着いた。これなら明日には床上《とこあ》げが出来るだろう」

青蓮は、血に汚れた姿で、血塗《ちまみ》れの寝床《ねどこ》で、獣《けもの》のように眠り続けていた。

「……渾沌様もこれで落ち着かれるといいのですが」

「はっ、オメガの発情につられて落ち着きを失うとは精進《しょうじん》の足らん話だ」

銀狐は変わらず渾沌に悪態をつくものの、この城から出て行く気はないようだ。

「渾沌様の……傷は……？」

青蓮も大分意識がハッキリしてきた。

「傷などひと舐《な》めでございましたよ。渾沌様は怪我《けが》などに大変の強いお方で、治癒《ちゆ》もかなり早いのです」

それでも痛くないわけじゃない。

傷が気になるので早く渾沌に会いたい。

銀兎にそう告げると、銀兎はにっこりと微笑んで「それでは湯浴みの準備をいたしましょう」と部屋を出て行った。

「……もういいのか？」

銀狐は青蓮の頭を少し乱暴に撫《な》でる。

アルファであることを打ち明けられた日から、ほんの少し銀狐と距離《きょり》を感じるようになった。

本当にほんの少しなのだけれど。

「うん、こんなに気持ちが穏《おだ》やかに過ごせたのは久しぶりだよ……」

寝台《しんだい》の上に座って、ぐっと身体をのばす。

「飲めるようなら、もっと飲んでおけ」

銀狐は先ほど匙で飲ませてくれていた果汁《かじゅう》の入った椀《わん》を差し出す。

甘い果物と米を煮《に》た粥《かゆ》のようなもので、青蓮の実家では具合を悪くするとこの果物粥が出されたのだ。

「美味《おい》しい。懐《なつ》かしい味」

にこにこと椀を傾《かたむ》けて中の粥をすすっていると、扉《とびら》の向こうから声と足音が聞こえてきた。

声は銀兎のようだ、何やらもめている様だが……。

「ふん。デリカシーのない奴《やつ》め」

扉のほうを見て銀狐が憎々《にくにく》しげに呟《つぶや》くのと同時に、扉が弾《はじ》けるように大きく開かれた。

「青蓮！」

「ふ、渾沌様っ⁉」

入ってきたのは上半身《じょうはんしん》裸《はだか》で腰布《こし》を巻いただけの姿の渾沌だった。

渾沌はどかどかと大股《おおまた》に寝台へ近付いたが、青蓮と向き合った途端《とたん》にしゅんと大人しくなり、そうっと青蓮の頬《ほお》を撫でた。

「もう大丈夫《だいじょうぶ》か？　しんどくはないか？」

「ありがとうございます。こんな汚れた姿ですみません……」

「大丈夫だ。それに汚したのは俺だ。怖《こわ》い思いをさせて悪かったな」

「いいえ。渾沌様のお陰《かげ》で薬がなくても穏やかに過ごせました」

青蓮は頬を撫でる渾沌の手にそっと自分の手を重ねた。

「そうか……」

「青蓮！」

渾沌と青蓮が見つめ合ったその瞬間《しゅんかん》、二人の間に割って入るように銀狐は滑《すべ》り込むと、手にした布で青蓮をぐるぐる巻きにして言った。

「さぁっ！　湯浴みの支度《したく》が出来たぞ。早く綺麗《きれい》になりたいよな！　俺が連れて行ってやろうな！」

「兄さんっ⁉」

青蓮が突然《とつぜん》のことに目を瞠《みは》っていると、今度は目の前に居た銀狐を黒い影《かげ》が押し退《の》けた。

「湯浴みか、では俺が連れて行ってやろう」

布でぐるぐる巻きにされた青蓮を横抱《よこだ》きに抱《かか》えあげながら渾沌が言う。

「えっ？　渾沌様!?　あの、ちょ、そのっ」

「いやいや、渾沌様のお手を煩《わずら》わせるまでもない！　兄弟の俺が！　面倒《めんどう》を見よう！」

「ふん、お前の手を借りるまでもない。仙人《せんにん》は仙人らしく書でも書いていろ」

「ま、待って……」

「お前のように粗暴《そぼう》な男に身体を洗われては青蓮のやわい肌が痛むではないか！」

「……やわい肌だと？」

渾沌の瞳《ひとみ》がすっと訝《いぶか》しげに眇《すが》められる。

「お前が何故そのようなことを」

「おうよ。俺は兄だからな！　青蓮が幼い頃《ころ》からずっと一緒《いっしょ》に風呂《ふろ》に入って面倒を見てきたのだ」

「何言ってんの!?　兄さん！」

確かに湯の節約の為《ため》に風呂には一緒に入っていたが、それは銀狐と二人ではなく他《ほか》の兄弟たちも一緒だった。

「俺と風呂入ってたのは兄さんだけじゃないよね!?」

「ほう？」

不穏《ふおん》な空気が青蓮に向く。

「皆《みな》と風呂に入るのに慣れているなら、俺と風呂に入るのも問題ないな？　貞淑な花嫁よ」

「あ……」

時すでに遅《おそ》し。

このまま渾沌と入浴するのかと青蓮が頬を赤らめていると、もう一人の助け船が割って入った。

「渾沌様、朝議のお時間でございます。どうぞ議場へお出ましくださいませ」

「銀兎……」

渾沌はちっと舌打ちが聞こえそうなほど苦々しい声で名を呼ぶ。

「銀狐も、青蓮様は私が湯殿《ゆどの》までご案内しますので、お前はお部屋を整えなさい」

「銀兎……」

銀狐も苦虫を噛《か》み潰《つぶ》したような顔になる。

そんな二人を完全に無視して、銀兎は青蓮を渾沌の腕《うで》から下ろすと恭《うやうや》しく言った。

「それでよろしゅうございますね、青蓮様」

「も、もちろんですっ！」

青蓮はこの男こそ白夜皇国の宮城で一番敵にしてはいけない男だと深く理解したのだった。

■第伍話《ご》　黒い犬と青い花の一日。

「ん……」

青蓮《チンリエン》は息苦しさに目を覚ました。

渾沌《フウブン》の部屋はかなり汚《よご》れてしまっていたので、一時的に自分の仮の宮に戻り、夕べはきちんと自分の寝台で眠《ねむ》ったはずだ。

「……あれ？」

もぞっと身じろぐと、手や頬に柔《やわ》らかな毛皮が触《ふ》れる。

もっと手を伸《の》ばして確認《かくにん》したいけれど、やたらと上掛《うわが》けの布団《ふとん》が重くて手が動かせない。

「んんっ……」

なんだか甘い良い匂いがする。

昨日までずっと包まれていた安心する匂い……。

もう一度、眠りに引き込まれそうになって、青蓮はうとうとするが、ぐるる……と低い唸《うな》り声のような音が聞こえて、ハッと頭の中がクリアになった。

「ちょ、もしかして、渾沌様っ!?」

青蓮が布団から外に出ようともがくと、ほんの少し布団が軽くなった。

慌《あわ》てて布団の端《はし》からにじり出るが、目の前は真っ暗なままだ。

しかし、もっふりと顔を覆《おお》うそれは、幾度《いくど》も目にした黒い毛皮に違《ちが》いないし、決定的なのはこの匂いだ。

「渾沌様！　ちょっと、重い！」

ぐっと押し退けるように手を突《つ》っ張ると、上に乗った真っ黒なモノは「ぐるる……」と再び喉《のど》を鳴らす。

「いや、撫でてるわけじゃないから、上から下りてくださいよ！　重い……」

くぅん……と鼻を鳴らす声が聞こえて、ふわっと布団が軽くなる。

その隙《すき》を逃《のが》さず青蓮は布団から這《は》い出すと、寝台の上に大きな毛皮の小山ができているのを見てぎょっとした。

（大きい……）

想像していたよりかなり大きい。

そういえば、馬車の屋根の上いっぱいに寝《ね》そべっていたのを思い出す。

青蓮は何故《なぜ》かきゅーきゅーと鼻を鳴らしている大きな黒い獣《けもの》の頭をそっと撫《な》でた。

（うわっ、毛がかたい）

頭の上の毛は結構な剛毛《ごうもう》で、ゆるゆると喉のほうへと手を滑らすと毛並みは柔らかくなった。

手触《てざわ》りの良い腹を撫でると、獣は気持ち良さそうに喉を鳴らす。

そのうちにもっと撫でろとばかりにごろんと仰向《あおむ》けに寝転《ねころ》がった。

「渾沌様……」

仮にも次期皇帝《こうてい》とされ、獣人《じゅうじん》の中でも規格外だと評される者が、よりによってヘソ天である。

渾沌はぐるぐると機嫌《きげん》よく喉をならし、望まれるままに青蓮は獣の腹を撫でてやる。

ふわふわで蕩《とろ》けるような肌触《はだざわ》りの毛皮は、撫でているだけでうっとりとしてくる。

(しかも、良い匂《にお》い)

アルファの渾沌にとって、オメガの体臭《たいしゅう》はこの上なく好ましく香《かお》るらしいのだが、それはオメガの青蓮にとっても同じなのかも知れない。

甘い蜜《みつ》のような香りがほのかに香って、思わずその肌触りの良い毛皮の腹にぽふっとうつぶせてしまった。

「渾沌様、良い香りです……」

ぐりぐりと顔を押し付けると、何故か黒い獣は四肢《しし》を強張《こわば》らせて固まってしまった。

しかし、その手触りの良さは失われず、青蓮は顔を埋《うず》めたまま腹と喉を撫で続ける。

『ぐ、ぐぅ……ぐる……ぐ……』

強張らせた四肢をひくひくと震《ふる》わせている渾沌にはお構い無しに、青蓮はその肌触りをうっとりと堪能《たんのう》し続けた。

「――と、いうわけで、夜中にいきなりお見えになって、そのまま二人で眠ってしまったのです」

「……然様《さよう》でございましたか」

朝、いつもの時刻に洗顔の用意と朝食前のお茶の支度《したく》をして部屋にやってきた銀兎《ユインツー》は、寝台《しんだい》の上で仰向けで四肢を突っ張った状態で硬直《こうちょく》している渾沌とその腹に伏《ふ》せたまま眠っている青蓮を目撃《もくげき》した。

銀兎がそっと青蓮を揺《ゆ》すり起こすと、渾沌は壊《こわ》れたカラクリのようにギクシャクとした動きで起き上がり部屋を出て行った。

その後に朝食前のお茶を出しながら、青蓮から何があったのかを聞いて、銀兎は深くため息をついたのだった。

(童貞《どうてい》とはいえ、まさかここまで晩熟《おくて》とは)

渾沌が今まで他者に関心がなく、またそれを受け入れる度量のある者も居なかったために童貞である事を銀兎は知っていたが、ここまで何も出来ずにただ好きなだけで傍《そば》に侍《はべ》って混乱して固まっているとは思いも寄らなかった。

跡《あと》継ぎ問題などのないこの国で、青蓮は渾沌が暴走せずにいてもらうための番《つがい》だ。オメガである事は相性《あいしょう》の問題などもあり譲《ゆず》る事が出来なかったが、別に房事《ぼうじ》に及《およ》ばずとも穏《おだ》やかに過ごしてくれれば何も問題はないと思っている。

国の重鎮《じゅうちん》たちもそうだ。

渾沌という皇帝を仰《あお》ぐ上で、危惧《きぐ》することは一つだけ。

災厄《さいやく》にも等しいその力を暴走させずに皇帝という座に在り続けさせること。

渾沌は白夜皇国《びゃくやこうこく》と獣人たちの為に制御《せいぎょ》可能な皇帝陛下で居て貰《もら》わなくてはならない。

なので、青蓮と房事に至れずとも何の問題もないのだが、同じ男としては少し気の毒ではある。

(アルファの本能とかで分かるかと思っていたが、そう都合の良い話でもないのだなぁ……)

これは房術の師範《しはん》とまでは行かずとも何とかしなくてはならないかと思い巡《めぐ》らしていると、
お茶を飲み終えた青蓮がへにゃっと笑って言った。

「渾沌様も可愛《かわい》いところがおありだなと思って……」

どうやら渾沌が晩熟であっても青蓮には不満はないようだ。

「……青蓮様が渾沌様のお相手で、本当によかったと思っております」

これは銀兎の偽《いつわ》りない本音だ。

銀狐《ユインフウ》という厄介《やっかい》なおまけがついていると枯紅《チユウフオン》などには言われるが、獣化した渾沌を可愛いなどと言える嫁《よめ》はそうはいない。

腹に顔をうずめられたまま強張っていた手には岩をも砕《くだ》く硬《かた》く鋭《するど》い爪《つめ》が光り、はぁはぁと喘《あえ》いでいる口元には近付くのも恐《おそ》ろしい牙《きば》がある。

昨夜《ゆうべ》はじっと目を閉じていたようだが、全ての目を見開けば左右あわせて八つ、四対《つい》の赤い目がある。とてもではないが「可愛い」などという存在ではない。

渾沌の宮に従者が少ないのは、渾沌を恐れているからだ。獣人同士で感じあう獣の勘《かん》のようなものが働いて、傍にいるだけでも身がすくむ者も少なくない。

（人だから鈍《にぶ》いのかと思っておりましたが、案外、本当に怖《こわ》くないのかも知れませんね）

獣人の銀兎から見たら華奢《きゃしゃ》でか弱い人間でしかない青蓮が、後は傾国《けいこく》の妃《きさき》とならんことを祈《いの》るばかりだ。


渾沌が皇帝となった後に青蓮と共に住まう予定の宮は建造の真っ最中で、現在、渾沌が自分の宮と言っているのは白璃宮《バイリイゴオン》という皇子の為《ため》の宮だ。

青蓮の現在の役目は、建造中の宮を監督《かんとく》し皇帝の宮として相応《ふさわ》しいものに仕上げることだった。

とはいえ、建築の専門家でもなければ宮城《きゅうじょう》で暮らしたこともない青蓮なので、銀兎や枯紅、専門家の官吏《かんり》たちの話を聞いて頷《うなず》くだけで精一杯《せいいっぱい》だ。

「謁見《えっけん》の間には白夜皇国の北で産出する大理石を敷《し》き詰《つ》めることにいたします」

官吏が美しい白いタイル状の石と図面を見せながら説明してくれる。

「床《ゆか》とあと大柱もこの大理石のタイルで飾《かざ》りますので、真っ白な美しい謁見の間となりましょう」

「玉座は同じく我が国特産の黒樫《がし》の木材を使用いたします。こちらは脂《あぶら》を付けて磨《みが》きこむことで強度を増しますので末永く、また、美しくご使用いただけます。飾りは全て金を使用する予定です」

別の官吏が、細かな彫刻《ちょうこく》の絵を添《そ》えて玉座の絵図面を見せてくる。

更《さら》にその横にいた官吏が美しい刺繡《ししゅう》の入った布を広げて「こちらを玉座の背面に天井《てんじょう》から下げるように掛《か》けさせて頂きます」と言う。

ぼうっとしていると次から次へと布やら図面やらが広げられ、気がつけば青蓮の前の卓《たく》は図面でいっぱいになってしまった。

いつもならば、一通り眺《なが》めた後にありがとうと微笑《ほほえ》むだけのお仕事だったが、今日はそう簡単には終わらなかった。

「白ではなく、青にならぬか？　青蓮の御印《おしるし》は青ゆえ、もっと青を多く使え」

「はっ……これだから田舎者は。青蓮は子供の頃《ころ》から青色より金色が好きなのだ。幼い頃は太陽を指差してにぃさまあれを取ってと駄々《だだ》をこねてな、その様も本当に可愛らしかったものよ」

青蓮を間に挟《はさ》んで、黒い男と赤銅《しゃくどう》の男がギリギリとにらみ合い牽制《けんせい》しあっている。

「青蓮、それではお前の食器は全て金で誂《あつら》えてやろうな」

「渾沌様……」

「青蓮、それより華《か》風《ふう》国の刺繡が入った壁《かべ》布を俺が手に入れてこよう。宮城に献上《けんじょう》するための織物を織る職人に織らせよう」

「兄さん……」

何故か今日は朝議が終わるなり青蓮にべったりくっついたままの渾沌と、それを決して許さない銀狐がこれでもかと青蓮にくっついていがみ合っていた。

他国から来た従者の一人でしかないはずの銀狐が、ここまで次期皇帝である渾沌に食ってかかるのは大丈夫《だいじょうぶ》なのかと青蓮などはハラハラして見ているが、銀兎や桔紅を始め他《ほか》の従者や官吏もそれを咎《とが》める者はいなかった。

銀兎や桔紅は銀狐にかけられた呪具の首輪の存在を知っているので、銀狐が渾沌に本当に逆らうような事ができないのはわかっている。そのことを知らぬ者たちは渾沌を恐れ、また同じように仙人《せんにん》とまで言われた銀狐を恐れ、何も言わないのだった。

「青蓮、疲《つか》れたのか？」

「青蓮、こんな男について回られては疲れもするよな。少し早いが部屋に戻《もど》ってはどうだ？」

「休むなら俺が運んでやろう」

「え、ちょ、渾沌様っ⁉」

渾沌はそう言うなり青蓮を横抱《よこだ》きに抱《かか》えあげる。

一度抱いて運ばれてから、渾沌はやたらと青蓮を抱いて運びたがるようになってしまったのだ。

「おい。渾沌殿下《でんか》はまだこの後に隣国《りんごく》の特使との謁見があるだろうが。なぁ、桔紅殿《どの》？」

「特使との謁見はすでに時間が過ぎてございます」

「……では、銀兎、お前が青蓮の一の従者なのだから、お前が青蓮を部屋に送り届けろ」

「承《うけたまわ》りましてございます」

そう言うと、銀兎はひょいと荷物を受け取るかのごとく軽々と青蓮を抱きうける。

「お、おろ、降ろしてください！　銀兎さん！」

「そうだ！　青蓮は俺が連れて行く！」

「ならん。銀兎、そのまま連れて行け」

口々に勝手を言うのを聞きながら正直面倒臭《めんどうくさ》いと思う顔を隠《かく》しもせずに銀兎は、とりあえず青蓮を下に降ろして乱れた上着を直してやった。

「私は青蓮様の一の従者でございます。青蓮様の御命《みめい》の通りに」

従者などというものは馬鹿《ばか》正直に出来るものではない。

「……わかりました。渾沌様！」

「なんだ？　部屋に戻るか？」

「お早く謁見の間へお向かい下さい。一刻も！　お早く！」

「お、おお」

青蓮にそう言われると、渾沌は慌《あわ》てて枯紅を引き連れて部屋を出ていった。

「銀狐兄さん」

「どうした？　部屋に戻るか？　それとも俺と町へでも行くか？　外はよい天気だぞ？」

「兄さんはこの宮では新人である事をお弁《わきま》えください！」

「青蓮、俺はな――」

「言い訳はよろしい！　兄さんもすぐに職務に戻って！　銀兎さん、兄さんの今の仕事はなんですか？」

　きりっと銀兎の方を見て問う青蓮に、銀兎はにっこりと微笑んで答えた。

「そうですね、今は昼食の部屋の支度《したく》をお願いしたいところです」

「兄さん！」

「おう！」

「すぐに行ってください！　兄さんも一刻も早く！」

「わ、わかった……」

　銀狐は青蓮の有無《うむ》を言わせぬ迫力《はくりょく》に負け、あたふたと部屋を出て行った。

「銀兎さん」

「はい」

「お待たせしました」

「いえ。見事なご采配《さいはい》にございます」

「では、皆《みな》さん、お話の続きをお願いします」

　青蓮はゆったりと元座っていた椅子《いす》に腰掛《こしか》けなおすと、呆然《ぼうぜん》と立ち尽《つ》くしている官吏たちに微笑んで見せた。

　官吏たちの間で青蓮の株が爆上がりした瞬間《しゅんかん》であった。

「舞踏《ぶとう》団？」

特使との謁見を終えて昼食に戻ってきた渾沌と共に食事を取っていると、桔紅が渾沌の午後の予定を伝えに来た。

どうやら、婚儀《こんぎ》の祝いの席で舞踏を披露《ひろう》させて欲しいと願い出てきた旅芸人の一座がいるらしい。

「他国の舞踏団なのですが、それは煌《きら》びやかだと評判のようで」

桔紅が教えてくれた一座の名は青蓮も知っている有名な一座だった。

「天月《テイアンユエ》一座は俺も知っています！　一度、祭りの時に遠目に見た事があるけど絢爛豪華《けんらんごうか》で素《す》敵《てき》でした」

異国情緒《じょうちょ》のある衣装に金色の髪《かみ》の踊《おど》り子たちはまるで神子《みこ》のようだったのを思い出してうっとりとする青蓮を見て、渾沌はすぐに呼ぶことを承諾《しょうだく》するかと思いきや、意外な事に眉間《みけん》にしわを寄せて乗り気ではない様子を見せた。

「その書状は一座の連中が書いて遣《よこ》したものか？　見せてみろ」

そう言って、桔紅から書状を受け取ると食事を中断して見入ってしまった。

青蓮もちょっと覗《のぞ》き込んでみると、簡素に用件のみが書かれた事務的なものだった。流石《さすが》に宮城への申し入れに使うためか紙だけは良い物を使っているようだ。

「一座の者たちの調べは済んでいるのか？」

「はい。身元の不確かな者はおりませんでした。とはいえ、所詮《しょせん》は旅芸人なので出自を深追いすることは出来ませんでしたが……」

桔紅は主《あるじ》の意外な反応に少し戸惑《とまど》いながらも「再調査をしましょうか」と返した。

「……断る理由もないか。とりあえず、今日は会うが、婚儀の本番までに怪《あや》しいところがあるようであればすぐに捕《と》らえろ」

「御意《ぎょい》」

桔紅は渾沌から返された書状を受け取るとすぐに部屋を出て行く。

「青蓮、お前の望みは叶《かな》えてやりたいが、もし不審《ふしん》な所があったら……」

「もちろんです、渾沌様。天月一座は観《み》たいですが、宮城に不審者を招きいれるわけには行きません」

「すまぬな」

渾沌は本当にすまなそうに頭上の耳をへにょっと伏《ふ》せて、自分を見つめている青蓮の頰《ほお》をそっと指の先で撫《な》でた。

「大丈夫です。楽しみなものは他にも沢山《たくさん》ありますから」

青蓮はそう言うと、頰を撫でる渾沌の手にそっと触《ふ》れながら、にっこりと微笑《ほほえ》み返したのだった。


午後になって、渾沌と青蓮は天月一座の座長たちの謁見《えっけん》を許可した。

白璃宮の謁見の間に現れたのは座長を名乗る壮年《そうねん》の男と一座の舞姫《まいひめ》だという美女、そして幾《いく》人《にん》かの楽器を持った楽師を伴《ともな》っていた。

座長のシェムハは背も高く屈強《くっきょう》な男で、周囲にいる獣人《じゅうじん》たちにも引けを取らない体軀《たいく》の持ち主だった。

「気に入らん……」

極々《ごくごく》小さな声でそう呟《つぶや》いたのは、青蓮の横に控《ひか》えている銀狐だ。多分、すぐ隣《となり》にいる青蓮くらいにしか聞こえないような声だ。

その声を拾って、青蓮がちらっと銀狐のほうを見ると、彼は仮面のような笑顔《えがお》のままで一座のほうをじっと見ている。

更《さら》に渾沌は何故《なぜ》か黒い布で顔を隠しており表情は全くわからないが、不機嫌《ふきげん》な様子を隠しもせず硬《かた》い爪《つめ》の指先で玉座の肘《ひじ》掛《か》けをカッカッと叩《たた》いていた。

野生児二人組はこの一座が気に入らない様子だ。

青蓮にはどうしてそんなにもこの人たちを警戒《けいかい》するのかが分からない。

確かにシェムハは旅芸人の座長というよりはどこかの傭兵《ようへい》のように見えるが、その後ろに立つ舞姫は評判の舞踏団の舞姫に相応《ふさわ》しく見惚《みと》れるほどに美しかった。

青と金で彩《いろど》られた衣装と動くたびにシャラシャラと光のこぼれる金細工の装飾《そうしょく》品で飾《かざ》った舞姫のレンザは本当に美しかった。金色の髪、白い肌《はだ》、青い瞳《ひとみ》、紅を差した唇《くちびる》は薔薇《ばら》の花弁のように艶《あで》やかだ。そんな完璧《かんぺき》なつくりの美人が、艶やかに微笑んでいるのは観ているだけでうっとりとしてしまう。

「本日は、我が一座の看板を連れてまいりました。どうぞ、ここで一曲披露することをお許し下さい」

座長のシェムハが恭《うやうや》しく頭《こうべ》を垂れて願い出る。

渾沌はその言葉に自分では答えず、すぐに隣に控えている桔紅に何事かささやいた。

そして、渾沌に代わり桔紅がシェムハの願いに答える。

「許す。と申されております」

「これは有り難《がた》き誉《ほま》れ」

シェムハは芝居《しばい》がかった仕草で大仰《おおぎょう》に感謝してみせると美姫《びき》に声をかけた。

「レンザ、渾沌殿下《でんか》と青蓮様の為《ため》に最高の一曲を捧《ささ》げなさい」

「はい、シェムハ様」

レンザが鈴《すず》を転がすような軽《かろ》やかな声で答えると同時に、楽師たちは各々《おのおの》の楽器を奏《かな》で始める。

「獣人王と御后様《おきさき》にお捧げいたします」

そう言って軽やかに踊り始めたレンザは、まるで青蓮の部屋のタペストリーに刺繍《ししゅう》された天女のように美しかった。

レンザの舞《まい》は見事の一言で、一曲歌い終わった時には青蓮は感動で手を叩きながら思わず立ち上がってしまった。

「こんな素晴《すば》らしい歌と踊りをこんな間近で見られるなんて本当に嬉《うれ》しいです。ありがとうございます」

青蓮の住んでいたような田舎《いなか》には旅芸人たちが来たとしても、こんな有名な一座が来ることはない。娯楽《ごらく》の少ない田舎では歌舞《かぶ》の舞台《ぶたい》を見ることはとても贅沢《ぜいたく》なことなのだ。

「次代皇帝妃《こうていひ》の青蓮様のお目に留めていただけましたのは僥倖《ぎようこう》にございます」

にこにこと愛想《あいそう》の良い笑みでシェムハも返す。

これはもう少し話をした方が良いのかと、青蓮が言葉をかけようとすると、すっと銀狐が青蓮の手を取り椅子へと座るように促《うなが》して言った。

「青蓮様はお疲《つか》れのご様子、これにてお部屋にお戻《もど》りになります」

その銀狐の台詞《せりふ》に合わせて、渾沌も再び何事か桔紅に告げた。

「かしこまりました。──本日の歌舞は見事であったと渾沌殿下からもお褒《ほ》めの言葉を賜《たまわ》りました。お前たちに今日の褒賞《ほうしよう》を与《あた》えるとのお言葉です。ありがたくこのままここで待つように」

「ありがとうございます」

一座の面々がそろって頭を垂れて礼を述べる。

「それでは、本日の謁見はここまで。渾沌殿下と青蓮様がお下がりになります」

桔紅が言うや否《いな》や渾沌は立ち上がり、青蓮も銀狐に手を取られて立ち上がる。そして高台から降りるといつの間にか逆の側に銀兎が控えた。

銀狐と銀兎の二人に挟《はさ》まれるようにして、青蓮は一座の前を通り抜《ぬ》ける。

（どうして……？）

二人は酷《ひど》く緊張《きんちょう》している。

今ここで誰《だれ》かが一言でも声を発したら、いきなり斬《き》り付けられても不思議ではないほどに。

（この人たちに何が……）

青蓮は前を通り過ぎる時に一座の方に目をやると、レンザだけが少し顔を上げてこちらを見ているところと目が合ってしまった。

（え……）

身分の高い者たちが自分の前を通り過ぎるときは、許しのあるとき以外は必ず地面に伏してこちらを見ないようにして控えるのが宮城という場所の慣《なら》わしだ。

天月一座は他国の旅芸人だが、宮城やそれに順ずる場所に呼ばれた時は基本的にその国のしきたりや慣わしに従うものだ。レンザの行いは不敬として咎《とが》められかねない行いだ。

しかし、青蓮と目の合ったレンザはにっこりと魅惑《みわく》的に微笑み、青蓮たちの通り過ぎるのを見送ったのだ。


「気に入らない」

白璃宮の青蓮の部屋に戻るなり言い放ったのは銀狐だ。

「あの座長の目！　あれは腹に一物在る者の目だ」

「こればかりは私も銀狐に同意します。青蓮様、宴《うたげ》の催《もよお》しは別の一座を探しましょう」

銀兎も同じことを言う。

渾沌と枯紅は次の公務の為に宮には戻らず出かけていったが、あの様子では天月一座を呼ぶことは賛成しないだろう。

流石にここまで来ると青蓮もどうしてもとは言えない。

歌も踊りも素晴らしかったが、ここは宮城で、迂闊《うかつ》なことをしてはならないのは重々承知だ。

青蓮も納得《なっとく》し、銀兎と銀狐は新しい芸人一座を探し始めようとした矢先に、渾沌から知らせが来た。

『婚儀《こんぎ》の宴には天月一座に歌舞を披露《ひろう》させる』

これには銀兎と銀狐がそろって眉《まゆ》を顰《ひそ》めた。

知らせを持ってきた枯紅は渾沌様のお考えあってのことだろうと言うが、納得が行かないのか銀兎たちは枯紅を伴って渾沌様のもとへ事情を伺《うかが》いに行くことになった。

二人が出て行ってしまったので、青蓮は部屋に残り夕食までの時間で本を読むことにした。

婚儀までに準備しなくてはならないのは婚儀の支度《したく》だけではない。白夜皇国という国の文化やしきたりを覚え、婚儀の後は白夜皇国の者として振舞《ふるま》えるようにならなくてはならないのだ。

それに加えて、庶民《しょみん》の出である青蓮には皇帝妃としての職務も覚えなければならない。

渾沌も銀兎も、それを強要する訳ではないが、出来ないで居て良い事ではないくらい青蓮にも分かる。暇《ひま》を見つけては本や書類に目を通し、出来ることを少しずつ増やしている真っ最中だった。

窓辺の長椅子《ながいす》に腰掛《こしか》け、硝子越《ガラスご》しに差し込む日の光の中でページをめくっていると、外で何か動くのが目の端《はし》に過《よぎ》った。

「えっ⁉」

前の仮住まいの宮とは違《ちが》い一階に部屋があるので、外を警備の兵が歩いているのかと思ったが、窓の外に目をやって青蓮は驚《おどろ》きの声をあげた。

「貴方《あなた》は……」

慌《あわ》てて立ち上がり、窓を押し開いた。

「青蓮様、突然《とつぜん》のご訪問、お許し下さい。天月一座のレンザでございます」

そこには先ほど謁見《えつけん》の間で見事な舞を披露した舞姫《まいひめ》が立っていた。

「どうして、ここに……」

踊《おど》り子の時の煌《きら》びやかな衣装から質素な平服に着替《きが》えているが、輝《かがや》くような金色の髪《かみ》を結《ゆ》い上げた美姫を見間違《みまちが》えはしない。

「お散歩をしていたら道に迷ってしまって。硝子窓を覗《のぞ》いたら青蓮様がいらしたので、つい…

「……」

レンザは窓枠《まどわく》に手をかけている青蓮の手に自分の手を重ねるようにして触《ふ》れてくる。

青蓮は慌てて手を引こうとしたが、それは許されず予想以上に強い力でギュッと手を握《にぎ》られ窓の外に引っ張られた。

「なにをっ……⁉」

「少しお散歩いたしましょう？　ねぇ、青蓮様」

レンザは腕《うで》ばかりか青蓮の服の帯まで摑《つか》み、あっという間に窓から外に引きずり出され、あろうことかレンザの肩《かた》に担《かつ》ぎ上げられてしまった。

「少しお静かにしてくださいませね」

美しい顔を意地悪く歪《ゆが》めるように微笑《ほほえ》むと、青蓮が声を上げる間もなくその口に札を貼《は》り付けた。

（方術⁉）

たった一枚の薄《うす》い紙を貼られただけなのに、青蓮の口はピクリとも動かず、唸《うな》り声すら上げられなくなってしまった。

その後はもう青蓮にはどうする事もできなかった。

青蓮を担いだままレンザは人を背負っているとは思えないような速さで庭園を突《つ》っ切って行

く。

途中《とちゅう》、警備の兵と行き合うことを期待したが、警備がいつも居る場所には符を貼られた警備兵たちが倒《たお》れていた。

（方術が使えるなんて……）

青蓮自身は方術を使うことは出来ないが、兄の銀狐が方術を使えたのでそれがどんなものであるかはよく知っている。呪符《じゅふ》や呪具、または呪文などを用いて、この世界の理《ことわり》に反する行いを可能とする術だ。

特異な術であるだけに、方術士というのはとても数が少ない。方術が使えるという事はそれだけで国や貴族に仕えることができるくらいだ。

なので言葉は悪いが、方術士であるなら旅芸人になどなる必要はない。

それに獣人《じゅうじん》は方術においては人間に劣《おと》る。獣人に方術士が皆無《かいむ》というわけではないが、殆《ほとん》どいないと言われている。

（警備兵に方術士は居なかった。銀狐兄さんが簡単にこの国に入り込めたのも方術に長《た》けていたからだ……）

それは、レンザが獣人の国の弱点を突いたと言っても過言ではない。

銀狐が宮城に乗り込んできた時のように、レンザも同じように方術が使えるのだから、包囲を突破《とっぱ》してくることは不可能ではなかったのだろう。

（このままじゃ拙《まず》い……）

誘拐《ゆうかい》されているのは間違いない。素敵《すてき》なお花見散歩のお誘《さそ》いとかそんなものでは絶対ないだろう。

そして、青蓮に方術に抗《あらが》う術《すべ》はない。

恐怖《きょうふ》で体が凍《こご》えそうになる中、せめて何かできないかと青蓮は必死に考えていた。

■第陸話《ろく》　獣人奴隷《どれい》と呪《のろ》い。

青蓮《チンリエン》はどこか分からない場所に移動を続けていた。

最初はレンザに担がれて、次は腕と足を縛《しば》られて馬に乗せられ、今は手足を縛られたまま馬車の荷台に乗せられている。

誘拐されていると分かった時に、真っ先にこの暴挙は一座ぐるみの仕業《しわざ》で、シェムハたちと合流するものかと思ったのだが、今のところその様子はない。

(俺を殺すつもりはないんだろうか)

殺すチャンスは幾《いく》らでもあった。そもそも殺すつもりなら窓越しに青蓮が顔を出した瞬間《しゅんかん》に殺す事も可能だったろう。

こんなに遠くまで移動しなくても、森に入った時点で殺して置き去れば良いだけの話だ。

それなのに青蓮を連れているという事は、青蓮に何らかの利用価値があるということだ。

(身代金《みのしろきん》……かなぁ?)

パッと思いつくのはそれだ。もしかしたら、都に残っている連中が交渉《こうしょう》しているかもしれない。

(いや、そんな事が上手《うま》く行くはずがない……だって渾沌《フウブン》様がいる)

こんな目に遭《あ》っていても、気づけば青蓮が考えているのは渾沌のことばかりだ。

方術士としては仙人《せんにん》とまで呼ばれている銀狐《ユインフウ》ですら敵《かな》わないと認めているのだ。こんな旅芸人の方術士が敵う相手とは思えない。

まだ正式に渾沌の番《つがい》となっては居ないが、渾沌には青蓮がどこに居るのか分かるはずだ。

(俺に、渾沌様が追ってくるのがわかるように……)

そう、青蓮には渾沌がずっと追ってくるのがわかっていた。

渾沌の血を受けてから、渾沌の事を思うと何故《なぜ》かうなじが疼《うず》く。オメガの純潔を守るための首飾《くびかざ》りで隠《かく》されたその場所に。

馬車に乗り換《か》えてからは距離《きょり》が縮まらずにいるが、ずっと大きな獣《けもの》が追ってくる気配が青蓮には感じられるのだ。渾沌は慎重《しんちょう》に距離をとっているようだが、青蓮がレンザと一緒《いっしょ》にいる限り、渾沌の接触《せっしょく》は避《さ》けられない。

(俺が上手く逃《に》げ出せればいいんだけど……)

逃げ出して、レンザから距離をとって、上手く渾沌と合流できればそれが一番安全だ。

渾沌がレンザに負けないと信じているけれど、なんだかとても嫌《いや》な予感もする。

現に渾沌を出し抜《ぬ》いて、レンザは青蓮を白璃宮《バイリイゴオン》から攫《さら》ってきた。

それに謁見の間でじっと青蓮を見つめていたレンザ。あれば青蓮ではなく、その前を歩いていた渾沌を見ていたのかも知れない。

獲物《えもの》を見つめる獣のような目で。

(できれば、レンザと渾沌様を接触させせないほうが良い)

これは青蓮の勘《かん》でしかなかったが、後にその勘が当たることとなってしまった。


「お待たせいたしました、青蓮様。長旅お疲れ様でした」

途中、馬を休ませることも無く一昼夜を駆《か》け抜け、たどり着いたのは古びた廃墟《はいきょ》の砦《とりで》だった。

石の床《ゆか》に転がされると、びりっと口を封《ふう》じていた符を剥《は》がされた。

「ここは、どこ？」

「あら、まだお元気ですね」

レンザはケラケラと笑いながら頭からすっぽりと被《かぶ》っていたマントを脱《ぬ》いだ。

「え……？」

マントの下から現れたのは、青蓮の見知った舞姫ではなかった。顔は確かにレンザだ。しかし、あの美しかった金色の髪も白く透《す》けるようだった肌《はだ》も全てが黒くなっている。黒髪に褐《かっ》色《しょく》の肌。それに頭上に黒い獣の耳。

「驚《おどろ》きました？　驚きましたよねぇ？　貴方《あなた》の知っている人に良く似ているでしょう？」

顔は美しいのに、その赤く毒々しい唇《くちびる》を歪めるようにしてレンザはニヤリと嗤《わら》った。

「人ではなくて、ケダモノかしら」

「なんで……あんた獣人だったのか……？」

「ねぇ、青蓮様、貴方、疑問に思ったことは無い？」

「あんなに力が強くて方術にも抵抗《ていこう》できる獣人《じゅうじん》が、どうして人間なんかの奴隷にされていたのか？」

「……何を？」

手足を縛られたまま床に寝転《ねころ》がっている青蓮の前にしゃがみこみ、ニヤニヤ嗤いながら内緒《ないしょ》話《ばなし》でもするように顔を寄せてくる。

一瞬《いっしゅん》、何か凄《すご》く胸の悪くなるような臭《にお》いがした。

「私は呪詛《じゅそ》士。獣人奴隷専門のね」

「呪詛士？」

「ええ、人間より力のある獣人を屈服《くっぷく》させて、奴隷として使役《しえき》するために調教するの」

「あんたも獣人じゃないか……」

「私が？　獣人？　とんでもない」

レンザが嫌な笑いを浮《う》かべる。

睨《にら》み付けるような、嘲笑《あざわら》うような、美しい顔を歪《ゆが》ませた笑みだ。

「この姿は穢《けが》れ。獣人たちを従えるために自分に穢れの呪《のろ》いをかけ続けているのよ」

「え……」

「沢山《たくさん》の獣人を殺しその血を浴びて、獣人たちの血の穢れで私の中に呪いが満たされて、その呪いを術に変える」

獣人の血。獣人は獣《けもの》とは明らかに違《ちが》う。人間から生まれる突然変異《とつぜんへんい》だ。

その話だけで青蓮は吐《は》き気がこみ上げてくる。

「獣人たちが畏怖《いふ》する存在。恐怖でもって人に従わせる。古《いにしえ》の獣人奴隷の呪詛士たちはみんなこの穢れた姿で獣人《やつら》を従えて来た」

レンザは結《ゆ》い上げていた黒髪を解いた。

だらりと解けて下がる黒髪が、まるで血が流れるように肌に這《は》う。

「獣人である以上、例外はない。この私からは逃《のが》れられない」

髪《かみ》を下ろすと臭いがより一層強くなった。

その臭いを嗅《か》いでいると、どんどん頭が朦朧《もうろう》としてくる。

「そんな……術……」

ぐらぐらと視界が揺《ゆ》れて、声が震《ふる》え——青蓮は気を失ってしまった。

「……まだ番になっていないと聞いたが……私の『呪い』に反応するなんて、随分《ずいぶん》と獣人の気を取り込んでいたのね」

レンザはつま先で意識がないのを確認《かくにん》するように青蓮の身体《からだ》を軽く蹴《け》る。

「くくっ……後はあのバケモノがこいつに誘《おび》き寄せられてくるのを待つだけ」

喉《のど》の奥を震わせるように嗤いながら、レンザは青蓮を担《かつ》ぎ上げると廃墟となっている砦の更《さら》に奥へと入っていった。

どこか遠くで自分の名前を呼ぶ声がする。

「青蓮……」

会いたくて、離《はな》れていたくなくて、声が聞こえるだけでも心が喜びに震える。

「渾沌様……」

しかし、今、渾沌に会うわけにはいかない。ここに来てはいけない。

「渾沌様！　俺は大丈夫《だいじょうぶ》だから……ここへ来てはダメです……」

方術に抵抗力のある渾沌だとしても、獣人の奴隷《どれい》を専門に扱《あつか》っていた連中と対峙《たいじ》するのは分が悪い。

「ここには獣人の呪詛士がいるんです！　ここへ来てはダメです……」

渾沌にもっと話しかけたいのに、どんどん空気が重くなってくる。

息が切れ、声を上げるのも辛《つら》い。そして——。

「渾沌様！」

青蓮は必死に叫《さけ》んだ自分の声で意識が覚醒《かくせい》した。

（ここは……どこ？）

多分まだ砦の中なのだろうが、さっきの石畳《いしだたみ》の部屋ではなく、板張りの床の上に青蓮は寝《ね》かされていた。

手足の拘束《こうそく》は解かれておらず、うつぶせで床に横たわった状態だったが、何とか周りを見回そうと、寝返《ねがえ》りをうつように身体を動かす。しかし、後ろ手に手を縛られているのでそれも出

来ない。

視界に入るのは、黒く塗《ぬ》られ磨《みが》かれた板張りの床、そして燭台《しょくだい》と思われる金属製の何かの脚《あし》だけだ。

じりじりと火が燃える音がしているので、多分この部屋が明るいのは蠟燭《ろうそく》か油が灯《とも》されているのだろう。

音はそれ以外何も聞こえない。

（渾沌様……）

さっきのは夢だろうか。

この砦に連れ込まれてから、まるで鼻が利《き》かなくなったかのように渾沌の気配がわからなくなった。

このままでは渾沌が助けに来てしまうかもしれない。

渾沌がどんなに強くても、獣人であったらここに来てはダメだ。

レンザと話していて気を失ったのは、きっと渾沌の血の影響《えいきょう》が青蓮に残っていたからだ。発情期の時に血を浴びただけの青蓮ですら反応してしまった。

それは渾沌にもこの呪《のろ》いが通用してしまうということだ。

（何とか逃げ出せないか……）

青蓮は焦《あせ》るが、手足を縛《しば》られ、床《ゆか》に寝かされた状態では何も出来ない。

声をあげても人が居るとは思えない。それに、レンザが必ずどこかで見ているはずだ。

獣人の肉を喰《く》らい呪われたモノ。

その悍《おぞ》ましさだけでも渾沌に近寄らせたくない。

（渾沌様……来ないで……！）

青蓮はそう強く祈《いの》るが、その祈りはどこにも届かなかった。

『青蓮』

渾沌の声が耳に聞こえた。

「来ちゃダメですっ！　来ないで！」

声が聞こえた途端《とたん》、青蓮は力の限り叫んだ。

床に這った状態では大して声も出なかったが、それでも青蓮は叫ぶ。

「渾沌様！　逃《に》げて！　来ちゃダメで……グッ」

不意に上から強い力がかかった。いつの間にか部屋の中にいたレンザが青蓮の背を踏《ふ》みつけている。

「……だ、メ……」

「お前は囮《おとり》なのだから、もっと大きな声を出すんだ」

ぎりっと踏みつけられる力が強くなる。

「余計なことは言わずに悲鳴でも上げていろ」

「ひっ！」

目の前が白く瞬《またた》くほど肩《かた》に激痛が走る。

「ぐっ！　あっ！　ああぁっ！」

レンザが青蓮の肩に刀を突《つ》き立てたのだ。

『青蓮！』

その声と同時に部屋の中が暗くなった。

「バケモノめ！」

レンザはそう叫ぶと青蓮の肩に突き刺《さ》していた刀を引き抜《ぬ》き、青蓮を部屋の隅《すみ》へと蹴り飛ばした。

「ぐっ……」

思い切り壁《かべ》に身体を打ちつけ思わず上げた青蓮の苦鳴に被《かぶ》さるように部屋いっぱいに声が轟《とどろ》く。

それはもう声ですらない。大きく割れんばかりの音が部屋中にあるものをビリビリと揺らす。

虫のように床《ゆか》に這ったまま、顔を上げようにも痛みに身体が動かせない。

青蓮は床に頬《ほお》を押し当てたまま、渾沌の名を呼んだ。

「フゥ、ブンさ、ま……」

『チンリェン』

その頬を何かがなぞる様に触《ふ》れる。

「渾沌様……」

大きな獣の舌が頬を流れる涙《なみだ》を拭《ぬぐ》い取るようにぺろぺろと舐《な》める。

手を伸《の》ばして触れたいがそれも出来ない。

それに気がついたのか、渾沌が青蓮の背の方へと顔を向ける。

しかし、その一瞬《いっしゅん》の隙《すき》をレンザは見逃さなかった。

「渾沌様っ⁉」

渾沌の背後から声が聞こえる。

「私がいるのを忘れないで欲しいわね。このバケモノ」

渾沌の背を貫《つらぬ》くようにレンザは手にしていた刀を突き刺したのだ。

青蓮に覆《おお》いかぶさるようにしている渾沌の背からぽたぽたと血が滴《したた》る。

だが渾沌は、心配に言葉も出ない青蓮に向けて笑うように目を細めると、ぐるると怒《いか》りの唸《うな》りを上げた。

『……このぐらいで、俺が死ぬと思うか』

渾沌は刀で貫かれたまま、グィッとその刀ごとレンザの身体を引き倒《たお》そうとするが、レンザはすっと刀から手を離し、後ろへと軽々と飛び退《すさ》った。

「死にはしなくともお前の血が手に入ればいいのさ」

レンザは刀を突き刺したときに浴びた血をうっとりと眺《なが》めると、手についた渾沌の血を舌を伸ばして舐め取る。

黒い血に口元を汚《よご》したレンザがにやりと嗤《わら》った。

獣人《じゅうじん》の血を浴びて、その血を呪詛《じゅそ》として獣人たちを縛り付ける。

渾沌の血がレンザの中に。

「我が命に従え、獣人の王よ」

レンザの声が高らかに告げる。

「地に伏《ふ》して、服従せよ」

ぐるる……と低く震《ふる》える音がするが、渾沌はゆっくりと青蓮の隣《となり》にその身を伏せた。

身を伏せて大人しくなった渾沌を踏みつけると、レンザはゆっくりと甚振《いたぶ》るように刀を引き抜いた。

渾沌の傷口からごぷっと音を立てて更《さら》に血が溢《あふ》れる。

「この部屋はお前を出迎《でむか》えるために誂《あつら》えた部屋だ。四方の壁も床も天井《てんじょう》も獣人の血で染まっている。お前は入る事は出来ても、出る事は出来ない」

レンザは舞姫《まいひめ》のときと同じ美しい笑顔《えがお》で微笑《ほほえ》んだ。

「お前は私に使役《しえき》されて自分の国を滅《ほろ》ぼす凶神《きょうしん》となるのよ」

その言葉に渾沌は再びぐるる……と唸る。

「夜楼《やろう》国の怨敵《おんてき》を倒す時が来たわ」

高らかに笑い声を上げレンザは部屋から出て行く。

その行動に躊躇《ためら》いはなく、自分の術に余程《よほど》の自信があるのだろう。

確かにレンザの術は完璧《かんぺき》なのかもしれない。

渾沌は命じられるままに伏せ、その背を見送るしか出来ないのだから。

「ぐ……くぅ……」

レンザの気配が完全に遠ざかると、伏せたままでいた渾沌が僅《わず》かに身じろぎした。

「渾沌様っ！　大丈夫《だいじょうぶ》ですか⁉　渾沌……さま？　え？」

「いててて、思いっきりやりやがって……」

青蓮の目の前で、渾沌の黒い影《かげ》のような身体《からだ》が見る見る縮まり人の形になる。人の形に戻《もど》れるのは知っていたが、そこで戻ったのは予想外の姿だった。

「銀狐兄さん⁉」

「おう。遅《おそ》くなってすまん。すぐに解《ほど》いてやるからな」

銀狐は懐《ふところ》から短刀を取り出すと、青蓮を縛める《いまし》縄《なわ》を全て切り解いた。縄は切れた端《はし》からシュワシュワと音を立てて灰クズのように崩《くず》れ落ちた。

「薄汚《うすぎたな》い術を使う……」

銀狐は青蓮の手足を縛めていた術からそれがどんな術であるのか察したらしい。

「お前を縛っていた縄には獣人の血が染みこませてあった。この部屋の壁や天井もそこら中が血塗《ちまみ》れだ」

「獣人を従属させるための術だって……」

青蓮は銀狐に助けられ身体を起こすと、レンザに聞かされたことを全て銀狐に話した。

銀狐は黙《だま》って話を聞いていたが、話が終わると眉間《みけん》に思いっきりしわを寄せて大きなため息を吐《つ》いた。

「相変わらず胸糞悪《むなくそわる》い連中だ。呪詛を使うなんて……」

「兄さんはこの術を知ってたの？」

「ああ、俺も人間だからな」

人間だから、獣人を奴隷《どれい》として使役する術を知っている。

「夜楼国って言ってた……」

「白夜《びゃくや》の連中が滅ぼした国だな」

「白夜の滅ぼした国……」

「戦争に善し悪しはないんだ。獣人たちが解放されたのは獣人たちにとっては良いことだが、人間から見たらどうなんだろうな。白夜皇国と交流のある国は多いが、全てが友好国とは言えない。むしろ、華風国《かふうこく》くらいじゃないのか？　自国の民《たみ》を嫁《よめ》にまで出すような国は」

銀狐はなんてことはないようにそう言いながら、大きく伸びをすると肩のあたりの背中を撫《な》でるように触《さわ》った。

「あ！　兄さん、傷！　傷は大丈夫なの!?」

銀狐がレンザの刀に突き刺されたことを思い出して、青蓮は慌《あわ》てて背中を確認《かくにん》する。

「おう。問題ない。刺されたのは俺じゃなくてこいつだからな」

そう言ってうなじのあたりに貼《は》り付けられていた符を剝《は》がしてみせる。

符の真ん中は切り裂《さ》かれ、黒く焦《こ》げたように色が変わっていた。

「今頃《いまごろ》、あの女は俺の毒を食《く》らって力尽《ちからつ》きてるだろうよ」

「え？」

「俺の化けっぷりもなかなかだろう？」

銀狐は獣人の呪詛を使うだろうことは予想していた。あの黒い血はそれを逆手に仕込んだ毒だったらしい。

銀狐は渾沌がいつも身に着けている毛皮を羽織ってその上から変化《へんげ》の術をかけて姿を渾沌に見せかけていたらしい。

「獣の術を使う連中は目よりも嗅覚《きゅうかく》が先なんだ。これだけ渾沌の匂《にお》いがぷんぷんとしていれば、俺の匂いにも俺の毒の匂いにも気がつくまいよ」

獣人は単なる奴隷として下働きをしていたわけじゃない。戦《いくさ》に出れば前線にいるのは必ず剛健《ごうけん》な獣人たちだった。それと戦い続けてきた銀狐だからこそ彼らの弱点も知っている。

「獣人を操《あやつ》る術があるように獣人を殺す毒もある。人間と獣人は主従であっただけじゃない。ずっと戦い続けてきたものでもあるんだ」

「……うん」

それはわかる気がした。

白夜皇国に行ってから人間の姿は殆《ほとん》ど見ていない。宮城に出入りしている人間は青蓮と銀狐くらいのものだ。

けれども宮城にいる獣人たちは青蓮たちを差別したり忌《い》み嫌《きら》ったりはしていない。

しかし町に出れば話はまた別だろう。

国に入った時に歓迎《かんげい》はされたけれど、あれは渾沌も一緒《いっしょ》だったからだ。

現に銀兎は青蓮が城下町に出ることを良いと思っていない。

婚儀《こんぎ》を終えてからにしましょうというのは、正式に位の定まっていない人間を外に出すのは危険だと思っているからだ。

「お前はそんな敵陣にも等しい場所に嫁《とつ》ぐんだぞ？」

「そうだね。でも、俺はそれを覚悟《かくご》してきたんだよ。渾沌様に会って、ちょっとびびったりもしたけど、あの人の傍《そば》に居られるなら多少危険でも頑張《がんば》れるかなって思い始めてるんだ」

「……こんな風に危険な目に遭《あ》ってもか？」

「皇帝妃《こうていひ》なんてそんなもんじゃないのかな……たとえ人間の皇帝に嫁いでも同じだと思うよ」

青蓮がそう言って微笑むと、銀狐はそれ以上の言葉を噤《つぐ》んだ。

「それより宮城は……白璃宮は大丈夫なの？」

青蓮はそれを察して話題を変える。

「ああ、渾沌は俺とともに追ってきたし、他《ほか》の連中もあの女の毒を食らったが俺がすぐに毒消しを施《ほどこ》したから大丈夫だ」

「そう……よかった」

夢のような暗闇《くらやみ》の中で聞こえた声。あれは本当に渾沌だったのだ。

「渾沌様は無事だよね……」

「奴《やつ》が直接ここへ来ると言って聞かなかったんだが、それではここの呪詛《じゅそ》につかまってお前と共倒《ともだお》れだ。そう言い聞かせて俺が来たんだよ」

銀狐は青蓮の髪《かみ》をくしゃくしゃと搔《か》き混ぜるように頭を撫でた。

「くそっ、こんな良くできた弟をあんな野郎《やろう》に嫁がせるのは本当に腹が立つ！」

「兄さん……」

「でも、お前ならあの野郎を抑《おさ》える事が出来るのかもしれないな」

一瞬《いっしゅん》、ぎゅっと銀狐に抱《だ》きしめられるが、すぐに腕《うで》はほどかれた。

「さて、渾沌が来る前にここを脱出《だっしゅつ》するか」

「そうだね」

銀狐は素早《すばや》く青蓮の肩《かた》の傷を確認し、呪符を使って治療《ちりょう》をする。符が貼られ何事か呪文《じゅもん》を唱えられた途端《とたん》に傷の痛みは消えてしまった。

「これでいい。行こうか」

銀狐の手を借りて青蓮も立ち上がる。

「もう少し得るものがあればよかったんだが……」

天月《テイアンユエ》一座の連中が白夜皇国の中枢《ちゅうすう》を狙《ねら》うとしたら、当然獣人《じゅうじん》に対する策は重ねてきているはず。そこに力任せに飛び込むのは得策ではないと、獣人を操る術に関して知識のあった銀狐は、誘拐《ゆうかい》された青蓮をすぐに救おうとした渾沌を引きとめ身代わりを買って出たのだ。

「ここにはあの女以外いないようだしなぁ」

「でも、帰る前に……」

レンザの死を確認しなくてはならない。殺したいほど憎《にく》いわけではなかったが、それでも、レンザが渾沌に仇為《あだな》す存在である事は間違《まちが》いないので、銀狐の毒で死んで居ることを祈《いの》らずには居られない。

「そうだな。気配がないのは死んでいるからならいいが」

「……ちょっと、話がうますぎる気がするんだよね……」

嫌《いや》な予感は拭《ぬぐ》えていない。

「青蓮、お前はここに居ろ。この部屋は良くも悪くも獣人には何も出来ない。渾沌にも何も出来ないが、あのレンザとかいう獣人もどきにも従えるための術を発動させる以外何も出来ないだろう」

「そうなの？」

「ああ、だからあいつは俺を従えた後に早々に部屋を出て行ったんだ」

「でも、俺がここに居たら渾沌様が来ちゃうんじゃない？」

銀狐の話では渾沌はここへ来る途中《とちゅう》で留《とど》まっているはずだ。

何の連絡《れんらく》もなく時間が過ぎれば、ここへ来てしまう可能性が高い。

「その時はお前が『うざいから来るな！』とでも叫《さけ》べば一瞬で泣いて帰るだろう」

「そんな酷《ひど》いこと言わないよ」

ケラケラと笑う銀狐を睨《にら》んだ後、青蓮は銀狐が入ってきたという窓の方を見た。

あたり一面赤黒く塗《ぬ》られた中で、そこだけが小さく切り取られたように人一人がやっと通れるような小窓が開いている。獣人をおびき寄せるための穴のようだ。

「何かあれば叫べ。声が届けば俺が駆《か》けつける」

「わかった。でも、兄さんも無茶しないで確認したらすぐに逃《に》げよう」

「そうだな。ここは穢《けが》れが強すぎる」

銀狐は青蓮の髪をもう一度掻き混ぜると、羽織っていた毛皮を深く被《かぶ》りなおし扉《とびら》を押し開け、部屋を出て行った。

銀狐が部屋を出て少しすると、急に窓の外が騒《さわ》がしくなってきた。

いや、騒がしいというのとは少し違《ちが》う。何か大きな音が、ドーン、ドーンとあたりを震《ふる》わせ近付いてくるのだ。

「なに……？」

空気が震える。圧を感じる。

青蓮は小さな窓に駆け寄り、外の様子を探《さぐ》ろうと覗《のぞ》き込んだ。

「え？」

穴は塗りつぶされたように黒く何も見えない。

時間の感覚が失われているので今が夜ではないと言い切れないが、これは夜の暗さとは違うと直感的に感じた。

（この暗闇は……）

青蓮が馬車に乗って白夜皇国にやって来た時に見たアレと同じ。

（渾沌様……）

赤黒い闇《やみ》の中から覗いてくる目。

その様子を思い出し、ゾクリと背を震わせて、青蓮は咄嗟《とっさ》に覗き込んでいた穴から顔を背《そむ》けてしゃがみ込んだ。

今やそれは恐怖《きょうふ》ではない。

（渾沌様が来た）

それを思うだけで、胸が高鳴り頬《ほお》が紅潮する。

（来た……来てくれた……）

ずっと後を追って来ているのは気がついていた。見捨てられていないという事もわかっていた。来てくれただけで胸が震えるほど嬉《うれ》しい。

「フ……」

思わず渾沌様と呼びかけそうになって、青蓮は慌《あわ》てて口を噤んだ。

名前を呼んではいけない。ここは渾沌にとって良くない場所だ。

青蓮はしゃがみ込んで窓から姿を隠《かく》したまま、口に手を当てて名を呼びたい気持ちをぐっと堪《こら》える。

銀狐はうざいと叫べば来なくなるなどと言っていたが、一声漏《も》らしただけでも渾沌はすぐに駆けつけてくれるだろう。

逆を言えば、声を漏らさない限り、渾沌はここへは来ないということだ。

ここは渾沌にも見つけられないほど、周到《しゅうとう》に呪《まじな》いの巡《めぐ》らされた部屋。

そんなところに渾沌を呼んでしまったらどうなってしまうことか。

(絶対に声は上げられない)

そう決心して、青蓮は更《さら》に身を隠すように身体《からだ》を丸めて縮こまった。

それからどのくらいの時間が流れただろうか。長かった様にも、ほんの僅《わず》かだった様にも思う。

(渾沌様……)

外には相変わらず強い圧を感じる。

部屋の中は静まり返っていて、少しでも身じろいだら渾沌に気付かれそうで怖《こわ》い。

「……！」

声にならない悲鳴が漏れた。

しゃがみ込んでじっと目を閉じていたが、その目を開いたとたんに目の前に人の足があったのだ。

その服は血に塗《まみ》れ、床《ゆか》には黒い血溜《ちだま》りができている。

恐《おそ》る恐る顔を上げると、そこに立っていたのはレンザだった。

顔は黒く血に汚《よご》れ、頭上に立っていた獣《けもの》の耳も片方が失われている。

「お前がこんなに強情《ごうじょう》とは思わなかったよ」

生気のない空《うつ》ろな眼《め》で、しゃがみ込んでいる青蓮を見下ろしながら、レンザは吐《は》き捨てるように言った。

「お前さえ泣き喚《わめ》けば、あのバケモノはすぐにここに飛び込んできただろうに」

「っ⁉」

青蓮は胸倉《むなぐら》をつかまれ、すさまじい力で引き立たされる。

「その目に映るのは私が最後だ。ざまぁみろ」

レンザはそう言うなり、青蓮の顔に向けてブッと口から黒い血を噴《ふ》きつけた。

「くっ……ぁ……」

焼き鏝《ごて》を押し当てられたような熱と、続いて顔を焼かれるような激痛を感じ、青蓮は思わず喉《のど》を震わせた。

「お前の目は視界を失い……真実のみを映すようになる……あのバケモノの……真《まこと》の……姿を……」

最後に少し笑うように声が震えると、青蓮は胸倉をつかまれていたのを離《はな》された。

「呪《のろ》われろ、四凶《しきよう》の番《つがい》よ……」

青蓮はその言葉を聞きながら、焼けるように熱く痛む顔を手で覆《おお》い、必死に声を堪えていた。

（渾沌様……）

「青蓮っ⁉」

青蓮がそっと心の中で名を呼ぶのと同時に、けたたましい音を立てて飛び込んできたのは銀狐の声だ。

「に、さん……」

声が聞こえる方を向くが目を開く事も見ることもできず、ただ呆然《ぼうぜん》と手を伸《の》ばすことしかできなかった。

◇

両の目を呪われ血に塗れた青蓮を見た時、渾沌は狂《くる》うかと思った。

青蓮はレンザという薄汚《うすぎたな》い呪詛《じゆそ》士の手にかかりその美しい黒い瞳《ひとみ》を失った。

「渾沌様、どうか、少しでもお休みくださいませ」

銀兎《ユインツー》が床に伏《ふ》すようにして願い乞《こ》う。

しかし、渾沌はそれに一声唸《うな》りを上げるだけで一蹴《いつしゆう》した。

美しかった青蓮の黒曜の瞳は光を失い、物を見ることもできず、その優《やさ》し気な顔には獣の爪《つめ》痕《あと》のような黒い呪詛の印がべったりと染みついている。

四つ足の獣の姿をしたままの渾沌は自分の部屋の寝台《しんだい》の上で青蓮を腕《うで》に抱《だ》いたまま、ずっと休みなくその傷を舐《な》め続けている。

そこには深く穢れた呪いが根を張るように染《し》みこみ、封印《ふういん》されていてもなお青蓮の魂《たましい》まで汚《けが》そうとしていた。それを止めるために、渾沌は青蓮の傷を舐め続けているのだ。

「渾沌様……」

青蓮はもう見ることはできない瞳で一生懸命《いっしょうけんめい》に渾沌を見ようとしている。

渾沌はぐるる……と喉を鳴らし、瞼《まぶた》の上をそうっと舐める。

銀狐はこの呪いは人間にしか解けないと言っていた。

「渾沌様、大丈夫《だいじょうぶ》です……」

青蓮の手が、渾沌の頰を撫《な》でる。獣の長い鼻面《はなづら》を愛《いと》しげにやわらかく。

そこには誰《だれ》もが恐れる牙《きば》が並んでいるのに、目の見えぬ青蓮にはそれもわからない。

「泣かないで下さい。俺は大丈夫ですから……」

何が大丈夫なものか！

渾沌は自分の行いが許せない。

天月一座がどこの誰であろうと、姿を見た時に皆殺《みなごろ》しにしてしまえばよかったのだ。

今だって、この国を取り巻く状況《じょうきょう》は常に緊張《きんちょう》を強《し》いられている。

そんな存在はすべて殺し尽《つ》くして国も人も町も焼け野原となれば良い。

そもそも、自分が国を治める者になろうとする事が間違《まちが》いだったのだ。

渾沌は四凶の一柱。

人の世界に仇為《あだな》す存在なのだ。

「渾沌様……」

いきり立つ渾沌を宥《なだ》めるように青蓮は被毛《ひもう》を撫でる。

「渾沌様、俺を助けてくれてありがとうございます」


ああ、ああ、ああ。

お前に礼を言うべきは俺だ。

こうしてお前が繋《つな》ぎ止めてくれているから、俺はこの世に留《とど》まっているのだ。


「チ、リェ……青蓮……」

獣《けもの》の姿を解いて、人の形《なり》をとる。

獣肢ではなく人の手が触《ふ》れたことで、人の形になった事に気がついたのか、青蓮がかすかに微笑《ほほえ》む。

「ああ、渾沌様は獣人ではないのですね……」

青蓮の目には何が見えているのか。

視力を失った目、満たされた穢《けが》れの呪い。

「レンザが言ったんです。俺は視力を失い、真実のみしか見えなくなると」

「真実？」

「渾沌様の真の姿を」

そうか。そうだったか。

では、こうして人の姿をとっても、青蓮には四つ足のままに感じているのか。

「俺が恐ろしくはないのか？　青蓮」

「いいえ。いいえ。渾沌様が渾沌様である限り、俺はどんな姿をしていても恐ろしくはありません」

「そうか……」

可哀想《かわいそう》な青蓮の額を頬《ほお》を目をそっと撫でる。

「つらい思いをさせてすまない」

「大丈夫です。渾沌様。俺は目を失ってしまったけれど、貴方《あなた》の姿だけは見る事ができる。しかも何にも惑《まど》わされることなく、渾沌様の真の姿を見る事が出来る」

「青蓮……」

「俺は幸せですよ。貴方と二人きりなのだから」

そう言って微笑む青蓮を、渾沌はたまらず抱きしめた。

如何《どう》して良いものなのかと持て余し気味だったこの気持ちが、止め処《ど》なく溢《あふ》れ、青蓮に注げと本能が命じる。

「もしお前が見えぬままなら、俺の目をやろう。紅《あか》い瞳になってしまうが、きっとお前の白い肌《はだ》と黒髪《くろかみ》には似合うだろう」

「渾沌様……！」

「大丈夫だ、俺には四方を見渡《みわた》す四つの対《つい》の目がある。お前に一対くれてやっても何も問題はない。俺が見えない場所はお前が見てくれるだろう？　青蓮、俺と一緒《いっしょ》にいてくれるだろう？」

「も、もちろんです……必ず、必ずお傍《そば》に！」

唇《くちびる》を震《ふる》わせてそう言うと、青蓮が渾沌の首にすがり付いてくる。

渾沌も青蓮を抱きしめる腕により力を入れてギュッと抱きしめた。

渾沌にとって、青蓮が己《おのれ》の半身としてそこにいるのだと、初めて実感した瞬間《しゅんかん》でもあった。

■第漆《しち》話　四凶の渾沌《フウブン》。

この世界には八柱の神が御座《おわ》し、世界の四隅《よすみ》を支え天と地を繋ぐとされている。

天の神と地の神。四神は天に在り人を統《す》べ、四神は地に在り獣《けもの》を統べる。

地に在る神は、地に生きる者たちと共に在る神だとされた。


「私たちの世界には沢山《たくさん》の命が存在します」

本を読むことができなくなってしまった青蓮《チンリエン》に、銀兎《ユインツー》は自分の知る物語を語って聞かせる。

それは特別な皇帝《こうてい》に仕える銀兎の一族に伝わる獣人と人間の物語だった。

「人間は文明を築き、その数を増やし、他の命の上に立つ者だと錯覚《さっかく》するほどに栄えました」

しかし、その繁栄《はんえい》に人間たちは驕《おご》り、我らこそが神に等しき存在であると、他の命を脅《おびや》かした。

「世界を主《つかさど》る天帝《てんてい》と八柱の神々は、このままでは世界は均衡《きんこう》を失い滅《ほろ》んでしまうと考え、人間の世界に地の四神を遣《つか》わし均衡を保つ事を決められました」

「それが、渾沌様……」

「そうです。初代皇帝である窮奇《クオンクイ》様と渾沌様は地の四神と呼ばれる四柱のうちのそれぞれ一柱で在られます」

「では、獣人《じゅうじん》のお姿は……」

「獣人の姿もまた渾沌様ではありますが――神としてのお姿は青蓮様にもお見えになりますように、四つ足と四対の目を持つ獣のお姿です」

銀兎はゆっくりと話を続ける。

「地の四神である窮奇様と渾沌様は、獣人を率いて人に戦いを挑《いど》み、そのお力を以《もっ》て獣人を解放してくださいました。獣人たちは自分たちの国を起こし、人間と均衡を保ち、今があるのです」

「渾沌様は本当に神様なのですね」

確かに他の獣人たちと比べても、渾沌は特別だった。

世界のすべてを見渡せる四対の目を持つ巨大《きょだい》な黒い四つ足の姿。

四つ足の獣でありながら天を駆《か》け、大陸を越《こ》えて獣人と戦《いくさ》を率いた。

故《ゆえ》に神でありながら、人間たちから禍《わざわい》と呼ばれ、地の四神ではなく四凶《しきょう》と呼ばれている。

二柱の神は獣人のための国を起こし、人と対する勢力を作り上げることでこの世界の釣《つ》り合いを果たした後、窮奇は獣人の王となり、渾沌は長い眠《ねむ》りにつくこととなった。

「しかし、再び渾沌様がお目覚めになる時が来てしまいました」

世界は再び人間が勢力を増そうとしている。

「でも、今、人間が大きく均衡を崩《くず》すほど、この国の脅威《きょうい》となっているとは思えないのですが……」

青蓮は疑問を素直《すなお》に口にした。白夜皇国《びゃくやこうこく》は近隣《きんりん》のどの人間の国にも引けを取らない。むしろ軍事強大国だ。

「そうですね。白夜皇国に面と向かって戦いを挑むものはいないかもしれませんが……戦の火種がないわけではありません」

獣人たちに滅ぼされた国と縁《えん》の深い緑楼国《りょくろう》などは隙《すき》あらば仕掛《しか》けてくるだろう。小競《こぜ》り合いも絶えることがない。

「渾沌様がお目覚めになったという事は、もうすでにその芽があるという事なのですね」

渾沌が一人目覚め、獣人の姿も得て、獣人たちを率いる国の長《おさ》として地に現れたのだ。そこに何の意味もないわけがなかった。

◇

「あの穢れは何とかならないのか」

渾沌は青蓮に己の眼球を与《あた》えようと思っている。

四方《よも》を見渡す目の一角が失われても、それ以上に青蓮を失うことはできない。

幾度《いくど》もその目を与えようとするのだが、青蓮の目を奪《うば》った不届き者の穢《けが》れがその傷跡《きずあと》に深く残っていて上手《うま》く与えることができずにいるのだ。

「あの穢れは獣人には無理だ。あんたの正体がなんであれ、獣の性《さが》を持つ者にあの穢れは祓《はら》えない」

「では、お前が清めよ。人の子であろう銀狐神仙《ユインフウシエンシイエン》」

渾沌は自分の前に跪《ひざまず》いて報告に来ている銀狐に言った。

「……今しばらく待ってくれ。穢れを祓う方法を探《さぐ》っている……」

銀狐はいつになく歯切れの悪い言葉しか返せない。

捕《と》らえた天月《ティアンユエ》一座の者たちから解呪の方法は聞き出した。

呪詛《じゅそ》士が屠《ほふ》った獣人と同じ数だけの人の血で諍《あらが》うのが術《すべ》だと言われた。

確かに、術の成り立ちを考えてもそれは解呪の方法として正しいと思われる。

だが、青蓮を穢したあの方術士は相当な数の獣人を屠っていた。姿まで変わり果て、獣人でも人でもない何かに成り果てる際《きわ》まで。

その方法で青蓮から獣の呪詛を祓っても、今度は人の呪《のろ》いに穢れてしまう。より強い穢れで上書きするだけではどうにもならないのだ。

「渾沌様、俺は、大丈夫《だいじょうぶ》だから。目が見えなくても大丈夫ですよ？」

黒い爪痕《つめあと》を隠《かく》すために青い布に銀糸で刺繍《ししゅう》を施《ほどこ》したベールを顔にかけた青蓮が、そこにいるのを確かめるようにそっと隣《となり》に座る渾沌の膝《ひざ》に触《ふ》れてくる。

「「大丈夫なものか!!」」

渾沌と銀狐が即座《そくざ》に反応した。

このままで良いなど在ろうはずがない。

青蓮には何の罪もないのに、今一番大きな罰《ばつ》を負わされているのだ。

「それに呪詛とは言うものの、俺は目が見えなくなっただけで痛みも苦しみもありません」

「このままでは不便だろう？」

「でも、渾沌様のお姿だけは見えますので」

渾沌が労《いた》わるように頬を撫《な》でてやると、青蓮はにこっと微笑《ほほえ》んだ。

姿が見えていると言っても、それは恐《おそ》ろしい四つ足の獣の姿だ。青蓮を安心させるために微笑みかけることもできない。

それに、この穢《けが》れを受けてから青蓮はオメガとしての性を失ってしまった。

発情期が来ないということだけが問題ではない。そもそもオメガという性は、アルファの突《とっ》出《しゅつ》した身体《からだ》と気を柔軟《じゅうなん》に受け入れることができるように発達してきたもの。

ただのアルファであれば、オメガではなくとも同じアルファやベータと添《そ》い遂《と》げる可能性があったのだが、渾沌は強い神気をもつ神性がアルファという形をとっているだけのものだ。

オメガ以外の人間がそれを受け入れることは不可能で、オメガでなければ強すぎる神気に寿《じゅ》命《みょう》を縮めるばかりだろう。

ただでさえも神と人間という時間の隔《へだ》たりがあるのに、このままではオメガの発情を抑《おさ》えるために与えた渾沌の精——神気が青蓮を冒《おか》してその命を失わせてしまう可能性がある。

穢れも祓えず、己《おの》が半身ともいえる青蓮が苦しんでいるのを見ていることしかできない己《おのれ》を渾沌は強く呪《のろ》った。

「獣人を従属させる術を会得《えとく》しているレンザを逃《のが》したのも痛いですね。奴《やつ》らは再びこの国へ来るでしょう」

銀兎の危惧《きぐ》はもっともだ。その言葉を受けて、銀狐は硬《かた》い表情のまま言った。

「絶対にこれ以上は許さない。あの術は緑楼国の連中が使う術だ。人間の作った術なら解呪の方法はどこかに必ずある」

あの砦《とりで》で銀狐はレンザを取り逃《に》がした。青蓮の浴びた呪詛を何とかすることで精一杯《せいいっぱい》で、レンザを始末することができなかったのだ。

「緑楼国か……」

その名を口にしながら、渾沌は眉間《みけん》に深くしわを寄せる。

緑楼国は獣人たちに滅ぼされた夜楼《やろう》国の残党が起こした国。獣人を奴隷《どれい》として財を築き上げることに長《た》けた夜楼国の術が受け継《つ》がれていると考えて間違《まちが》いはない。

小さな国ではあったが、白夜皇国に対する恨《うら》みは凄《すさ》まじく、幾度も戦を仕掛けてきてはその度《たび》に多くの獣人たちが緑楼国の兵に殺された。

（兵を挙げる時期だということか……）

青蓮を迎《むか》えるにあたって、渾沌は青蓮の生きている間はできるだけ戦を起こしたくはないと考えていた。

わずかな人の寿命の間くらい多少釣り合いが悪くとも世は滅びない。

しかし、今の状況《じょうきょう》が続くのであれば、渾沌は本来の目的に従って、獣人たちの勢力を広げることが必要だ。

緑楼国が滅ぶことで、釣り合いは取られ、再び世界は安定することだろう。

そんなことを考えあぐねていると、渾沌の膝の上で青蓮がぎゅっと手を握《にぎ》るのを感じた。

「どうした？」

「……戦になるのですね？」

銀狐の言葉に思うところもあったのだろう。

「……俺には渾沌様のお姿以外に見えるものがあるのです」

「なに？」

「一つはこの宮城の奥、代々の皇帝《こうてい》陛下が眠られる霊廟《れいびょう》に翼《つばさ》のある大きな虎《とら》が眠っているのが見えます。とても深く眠っていらっしゃる」

それは渾沌と共に顕現《けんげん》した初代皇帝の窮奇の姿だ。

背に大鷲《おおわし》の巨大な翼を持つ大きな虎の姿。

青蓮は渾沌の正体を見ているのではなく、神性のあるものの姿を捉《とら》えることができるようになっているのか。

「あと、もう一つ。この国から遥《はる》か東に、巨大な蛇《へび》の姿が……」

「蛇だと？」

この国から東と言えば緑楼国のある方角とも重なる。

「黒い蛇です。でも大きくて……まるで龍のようです」

東方に龍。

「青竜《チンルオン》ですか……」

話を聞いていた銀兎が思わずつぶやく。

天に在る四神。地にある四神である渾沌と対《つい》を成す存在。

「四神と四凶か」

銀狐も何かに思い当たったようだ。

もちろん渾沌にもそれがどういう意味かはわかっている。

もし、東方にある黒い龍のような大蛇《だいじゃ》が天の四神の一柱であるならば、渾沌に相当する存在がそこに在るという事だ。

敵か味方かはまだわからないが、それに危機感を持たないほど渾沌は楽天家ではない。

(面倒《めんどう》なことになる……)

渾沌に相当する青竜《チンルオン》が現れたのだとしたら、それは渾沌を抑え込み釣《つ》り合いを取るためだ。

銀狐は青蓮の穢れを祓うために人を殺すのは良しとしないと言ったが、それで青蓮の穢れが祓われ元《もと》に戻るのであれば、渾沌はためらわずに呪いと同じ数の人の命を屠るだろう。

それを天は察したというのだろうか。天帝《てんてい》の本意を知ることはできないが、渾沌にとって大きな障害であることは確かだ。

「いかがなさいますか？　渾沌様」

銀兎は暗い面持《おもも》ちで渾沌に問う。

本来ならば皇帝陛下に伺《うかが》いを立てるべき案件だ。

渾沌は青蓮との婚儀《こんぎ》を機に皇帝位を継ぐ予定だったが、今はそれを待てる状態ではない。

これが戦になれば切り札は渾沌であることに間違いないのだから。

しばし渾沌が考えあぐねていると、俄《にわ》かに外が騒《さわ》がしくなり、人の出入りを禁じているはずの扉《とびら》が勢いよく開かれた。

「何事です、桔紅《チユウフオン》!?」

扉から飛び込んできたのは怪我《けが》をして血を流している桔紅だった。

「渾沌様、シェムハが脱走《だっそう》しました!」

桔紅はそれだけ叫《さけ》ぶと、がっくりと床《ゆか》に崩《くず》れ落ちる。

その衣《ころも》は赤く血で染まり、倒《たお》れた背には大きな傷が開いていた。

「銀狐、処置を!」

「応!」

銀兎の言葉と同時に銀狐が桔紅に駆《か》け寄り、その傷の検分を始める。同時に血止めの術をかけるために手にした札で傷の上を摩《さす》った。

「逃げただと？ どういうことだ？」

渾沌は顔色も変えずに桔紅に問う。

シェムハがいた牢《ろう》には銀狐が封印《ふういん》の術を施していた。

一座にはレンザの他《ほか》にその術を破るほどの方術が使えるものはいなかったはずだが――。

「方術を使い牢の封印を破りました……」

「シェムハが？」

「それが――」

それを聞いた銀狐が目を瞠《みは》る。

どうやらレンザは捕《と》らわれた楽隊の一人に獣の呪詛を用いた呪符を渡《わた》していたようで、その呪符と己の命を使いシェムハたちを脱走させたようだ。

「警備の兵たちもやられ……後を追うことも……」

桔紅の怪我もそれに巻き込まれた為《ため》だった。

「わかった。銀兎、行け」

銀狐の術で傷を塞《ふさ》がれているとはいえ、いまだある痛みに息を切らしながら報告しようとする桔紅をとどめ、渾沌は銀兎に追跡《ついせき》を命じた。

「御意《ぎょい》」

銀兎は短くそう答えるとすぐに部屋を飛び出してゆく。

「銀狐、お前も桔紅の怪我を見たら後を追え」

「……御意」

銀狐は桔紅の一通りの止血を終えると、ドアの外にいた警備兵に桔紅を部屋に運ぶように指示しながら、銀兎の後を追うように部屋を出て行った。

これで、益々《ますます》緑楼国が見過ごせない存在となって行く。

渾沌は膝《ひざ》に置かれた青蓮の手をしっかりと握り締《し》め、もう一度頬《ほお》を撫《な》でる。

「渾沌様……」

敏《さと》い青蓮が渾沌の不安を感じ取ったかのように、見えぬ目でじぃっと渾沌を見つめてくる。

「お前の生きている間に戦《いくさ》にならねば良いと思っていたが、そうもいかないようだな」

「俺のことより、渾沌様は渾沌様の御《ご》使命を」

「青蓮……」

この青年を誰《だれ》よりも幸せにしてやりたい気持ちが強いのに、どんなに力があっても平穏《へいおん》を保つことがこんなにも難しいとは。

「お前のことは今度こそ俺が守ろう。俺の傍《そば》に居れば……いや、居て欲しい」

「俺にできることがあれば、なんなりと」

そう言って微笑《ほほえ》む青蓮を見て、渾沌はこの青年にはどこまで何が見えているのだろうかと、ふと気になった。

だが、それを問うことなく、渾沌は再び青蓮を守ろうと天に誓《ちか》うことにした。

何が見えていても、青蓮は青蓮なのだから。

◇

牢より脱走したシェムハは、追っ手に捕らわれることなく白夜皇国から逃《に》げ切ってしまった。

「…………」

シェムハが逃げたであろう東方の見渡《みわた》せる高い山の崖《がけ》の上で、軍装に身を包んだ銀狐がじっと空を見ている。

軍装とは言っても、銀狐は青蓮の御印《おしるし》である青い地に銀糸で細かな模様が刺繍《ししゅう》された長衣を着て、黒い革《かわ》の袴《はかま》に革の長靴《ブーツ》という軽装だ。これは銀狐が方術士であり、彼の置かれる戦場において鋼《はがね》の鎧《よろい》は意味を成さず、身軽に動き回ってより術を編むための装束《しょうぞく》だ。

本来ならばこの服装に銀糸で織った布を頭からかぶっているのだが、今日は赤銅《しゃくどう》色の豊かな髪《かみ》を陽《ひ》に照らし、肩《かた》には同じ赤毛の毛皮を羽織っている。まるで獣《けもの》であることを装うように。

「何か見えましたか？」

銀狐と同じように軍装に身を包んだ銀兎が声をかけてくる。

こちらは青い長衣の上に革と鋼の胸当てを着けていた。腰《こし》には短めの刀を差している。これは獣人の戦いが主に自分たちの牙《きば》や爪《つめ》を使った肉弾《にくだん》戦に近いものなので大《おお》振りな武器などはかえって邪魔《じゃま》になるためだ。

銀狐より頭一つ大きな銀兎がその隣《となり》に並び立つ。

「何かあると言われてみれば、おかしな気配がする程度だ。目にも鼻にも何も触《さわ》らん」

青蓮は大きな蛇が見えると言っていたが、銀狐には何か微《かす》かな歪《ゆが》みのようなものがあるように感じるだけでそれ以上のことはわからなかった。

また、逃げたシェムハの痕跡《こんせき》も何も見つけられない。余程《よほど》こちらの手を知り尽《つ》くして対策をして逃げたようだ。

「仕方ありません。貴方《あなた》で見つからないものが、他の者たちに見つけられるはずもありません」

「……ふん。えらく俺を信用しているような口ぶりだな。俺が奴《やつ》を逃がしたのかもしれないぞ」

シェムハの牢に封《ふう》をしていたのは銀狐だ。

「……天月一座の者たちの口を割らせるための拷問《ごうもん》はそれは苛《か》烈《れつ》なものだったと報告を受けています」

「仲間であればそこまでするわけがないと？」

「いいえ、貴方が苛烈な拷問を行って何でも穢《けが》れを祓《はら》う方法を吐《は》かせたかったのは青蓮様の為。青蓮様の為にならないことを貴方がするとは思えない」

「どうだろうな……渾沌のものになる青蓮が憎《にく》くなったかも知れないぞ？　それにこの国が転《てん》覆《ぷく》して渾沌が位を失えば青蓮を取り戻せるかもしれない」

「貴方の首にあるそれは、渾沌様の血によって作られたもの。何を言っても、その首が落ちていないのも良い証拠《しょうこ》です」

銀兎は涼《すず》しげに微笑んだ。

額に玉虫色の美しい鱗《うろこ》のあるこの美丈夫《びじょうふ》は、基本物腰《ものごし》も柔《やわ》らかくおっとりとして見えるが、中々の食わせ者だ。宮城で暴れた銀狐の処遇《しょぐう》が問われた時に「呪具によって縛《しば》り、我が国の礎《いしずえ》とすればよろしい」と今と同じように涼しげな顔で宣《のたま》ったと聞いた。

「……まあ、今は、アレを裏切る時ではない。全てことが終わってからだ」

銀狐は決して青蓮と渾沌の婚儀を歓迎《かんげい》しているわけではない。

青蓮の気持ちも確かめたし、彼が心から渾沌の傍に居ることを望んでいるのだと分かっているが、渾沌はあまりにも特殊《とくしゅ》過ぎる。

「では、事が終わりその日が来るまで、白夜皇国の為に尽くしていただきましょうか」

「……食えない男だ」

「青蓮様の一の従者ですから。お兄様の扱《あつか》いは青蓮様直伝ですよ」

涼しげに笑う銀兎のほうからぷいっと顔をそらし、銀狐はもう一度空を見上げた。

「裏切り者が貴方でなければ良いと思っているだけですよ」

銀兎は、隣に立つ銀狐に聞こえるか聞こえないかの小さな声でそう嘯《うそぶ》くと、開戦を間近に控《ひか》えて、緊張《きんちょう》した静けさを湛《たた》えた白夜皇国の城下を見渡した。

この戦は渾沌には絶対に負けられない、世界を賭《か》けた戦いとなるのだ。

■第捌話《はち》　青蓮《チンリエン》と共に、東方へ。

緑楼国《りょくろう》宮城。城というよりは砦《とりで》に近い、質実剛健《しつじつごうけん》なその宮城にシェムハとレンザの姿はあった。

シェムハは方術を使い獣人から逃れ、銀狐《ユインフウ》から逃れたレンザと合流したのだ。

「銀狐神仙《ユインフウシエンシイエン》め……」

レンザは憎らしげにその名前を吐き捨てる。

「だから俺は言ったんだ、あの青蓮といラオメガをさっさと殺すべきだと」

シェムハは毒づいているレンザを冷ややかな目で見ると呆《あき》れを隠《かく》さずに言った。

今回の行動は大失敗だ。折角、白夜《びゃくや》の宮城まで入り込み、あのバケモノの目の前まで行ったのに、バケモノには届かず銀狐にしてやられた。

「どうせ我々が緑楼国の人間であることは察しているだろう、やつらには幾《いく》らでも開戦の理由がある。この地はすぐに戦場になる。そうなる前に戦力を削《そ》ぎたかったのだが……」

「戦になるならなれば良いわ。私が獣人《じゅうじん》どもを駆逐《くちく》してやる」

レンザの獣人たちへの恨《うら》みは相当なものだ。生まれた時からずっと獣人たちへの憎しみを植え付けられ、その呪《のろ》いに身を穢してより憎しみが強まっている。

シェムハはレンザに気づかれぬように小さくため息をつく。

正直なところ、シェムハには獣人にそこまでの憎しみは無い。シェムハにはシェムハの目的があってこの国に協力しているだけのことだ。

うんざりした気持ちになりながら、シェムハは怒《いか》り狂《くる》っているレンザを眺《なが》めて肩を竦《すく》めた。

◇
「銀狐、話があります。青蓮様に関する事なのですが」

青蓮の呪詛《じゅそ》の進行を止めるための術を編むために自室にこもっていた銀狐を訪ねて銀兎《ユインツー》がやってきた。

「……わかった」

青蓮のため、そう言われてしまえば銀狐は断れない。

銀兎は銀狐を連れて部屋を出る。そのまま何も言わずにどんどんと通路を進み、宮城の裏庭へと出た。

この先へ進めば歴代皇帝《こうてい》とその后《きさき》たちが眠《ねむ》る霊廟《れいびょう》がある。霊廟はごく一部の獣人だけが入場を許されている。もちろん、銀兎は許された一人だ。

「霊廟？」

「ええ、人に聞かれたくない話をするには一番です。私しか鍵《かぎ》を持っていませんから」

裏庭を抜《ぬ》けて霊廟の入り口に立ち、その扉《とびら》に鍵を差し込んだ。

「そこまでしてする話ってなんだ？」

「ここならば、渾沌様《フウブン》にもお声が届かないのです」

霊廟の中は結界が張られている。

窮奇《クオンクイ》や渾沌が眠っている時に、その眠りを妨《さまた》げないために外界から断ち切られているのだ。

彼らが目覚めるのは天界からの声によってのみ。故《ゆえ》に天界からの知らせがない限りこの廟には誰《だれ》も近づかない。

「渾沌にも聞かれたくない話？　ろくな話じゃないだろ、それ」

「そうですね。——これを」

銀兎は懐《ふところ》から小さな銀の鍵を取り出す。

「それは——」

「解放の鍵です。その、首輪の」

銀兎は銀狐の肩をつかむと自分の方へぐっと引き寄せ、襟《えり》から覗《のぞ》く首輪に手を触《ふ》れた。

そして手にしていた鍵を、首輪につけられた小さな錠前《じょうまえ》に差し入れると、鍵を回すまでもなくポロッと崩《くず》れるように首輪が外れて落ちた。

「これで貴方を縛るものはなくなりました。銀狐神仙」

「……どういうつもりだ？」

銀兎は苦渋《くじゅう》の表情を浮《う》かべたまま銀狐から一歩離《はな》れて言った。

「貴方がレンザを取り逃《に》がしたのはその首輪が貴方の力を減じたからです。その首輪さえなければ貴方はレンザを取り逃がさなかった」

「……」

「渾沌様は青蓮様をお守りするためになんでもなさるでしょう。しかし、相手は狡猾《こうかつ》な連中だ。もし、万が一、青蓮様に何かあったら……」

渾沌は怒り狂い、正気を失い、この世界の「禍《わざわい》」となる。

青蓮は見事、渾沌の枷《かせ》となった。

渾沌は枷を得ても力を持ち続け、目覚めた時とは比べようもないほどに強くなっている。

そんな状態で枷を失ったらどうなるか。

「青蓮様をお守りしてほしいのです。あなたの全てを賭けても」

銀兎の言葉に、銀狐は眉間《みけん》にしわを寄せた。

「……癪《しゃく》な話だが、戦《いくさ》になればあいつの傍《そば》ほど安全な場所もない。アレは番《つがい》と決めた青蓮を必死に守るだろう」

「渾沌様はお力は強い。多分、貴方《あなた》も敵《かな》いますまい。ですが……謀略《ぼうりゃく》には長《た》けておられない」

ただ壊《こわ》し、ただ滅《ほろ》ぼすためだけに存在する渾沌は圧倒《あっとう》的な強さを持っているが、それと同時に人の企《たくら》みや謀略のようなものを巡《めぐ》らせるのは不得意だった。

強いが故に悩《なや》まずともすんでいる弊害《へいがい》のようなものだ。

「……青蓮は俺の可愛《かわい》い弟だ。誰に言われなくても俺が守る」

銀狐はそれだけ言うと結《ゆ》い上げた赤銅《しゃくどう》色の髪《かみ》を揺《ゆ》らして霊廟を出て行く。

その後ろ姿はまるで見事な赤銅色の尾《お》を持った赤狐《ぎつね》のようであった。

(彼ならば……)

あの美しい赤狐ならば、渾沌の番を守りきるだろう。

方術だけではなく謀略にも長け、戦を駆《か》け抜けた神仙。

祈《いの》るような気持ちで、銀兎は銀狐が出て行って再び閉じた扉にむけて頭《こうべ》を深く垂れたのだった。

そして、銀狐は誰に見つかることなく、青蓮を白夜皇国の宮城から連れ去った。

縛《いまし》めを解けばこうなることはわかっていたが、それでも青蓮が守られることを銀兎は優先したのだ。

そのことを悟《さと》ってか、報告を受けた渾沌もただ静かに一言「そうか」とだけ言って追っ手をかける事もしなかった。

そして、青蓮がいなくなってから三日目の夜。

白夜皇国国境付近で緑楼国の兵と武力衝突《しょうとつ》があり、これを機に白夜皇国は新たな戦乱へと突《とつ》入《にゅう》したのであった。

◇

戦火は瞬《また》く間に広がった。

まるで乾《かわ》いた牧草に火をつけたかのように、小さな国境での諍《いさか》いは一気に戦と成り果てた。

「待っていたと言わんばかりの有様だな」

宮城の物見の塔《とう》の上から煙《けむり》の上がる東方を眺めて、渾沌は目を眇《すが》めている。

緑楼国との因縁《いんねん》は長い。

渾沌が窮奇と共に現界に顕現《けんげん》した時から敵対していると言っても過言ではない。

渾沌はいわゆる「人間の敵」だ。獣人とのつり合いを保つために人を屠《ほふ》るバケモノだ。

かつて夜楼国と呼ばれる人間の大国だったのを滅ぼしたのも渾沌だった。

窮奇に言われた事がある。

『人の数は決して減らない。彼らの力は数である。ただそれを甘く見てはならない。人には力を使う知恵《ちえ》があるのだ』

そんな言葉を思い出しながら、渾沌は東方の空を見ている。

渾沌にとって人は屠るべきものであり削《けず》るべき力だ。

「……青蓮」

しかし、こうして戦火を眺めていても、この世界に灯《とも》る一つの命の火を感じ続けている。

今は遠くにいるけれども、決して渾沌が見失うことの無い火だ。

「ご休憩《きゅうけい》のところ申し訳ございません、渾沌様」

声を掛《か》けに来た銀兎も武装している。武官でなくとも従軍経験はあり、有事の際には戦う心づもりもある。

「緑楼国の監視《かんし》から連絡《れんらく》がありました。やつらはこのまま華風国《かふう》へと戦火を広げるつもりのようです」

「華風国だと？」

青蓮の故郷である華風国は白夜皇国と友好ではあるが、獣人の国ではない人間の国だ。比較《ひかく》的《てき》、中立の立場をとっているとはいえ、白夜を相手に戦っている中で戦力を割《さ》くほどの価値があるとは思えない。

「青蓮との関《かか》わりか？」

渾沌に関わるものを徹底《てってい》的に追い詰《つ》めるためとも考えられるが、それにしても今行うべき事では無いだろう。

戦況《せんきょう》は国力の差もあって白夜皇国が優勢に進んでいる。そんな中で余所見をする余裕《よゆう》など無いはずなのだが。

「華風国からは極秘裏《ごくひり》に緑楼国から使者が来ているという報告を受けていますが、彼らは華風国側の国境にある鉱山の再開発を求められているようで……」

銀兎の報告に渾沌は首をかしげる。

「鉱山？　あんなところにそんなものがあったか？」

「辰砂《しんしゃ》が取れていたと古くに記録がございますが、今はもう枯渇《こかつ》しているはずです。元より採取できる量も少なく、鉱山と言うほどでは無かったようです」

「そんなものを一体……」

そこまで言って、渾沌はふとある事に気がつく。

「おい、青蓮が言っていた大蛇《だいじゃ》が眠る地はその方角ではないか？」

「っ！　……すぐに地図をご用意いたします。渾沌様も本陣《ほんじん》の方へお戻《もど》りくださいませ」

渾沌の言葉の意味を悟った銀兎は、踵《きびす》を返して急ぎ塔の足場を下りて行く。

青蓮が姿を隠《かく》す前に、毒によって呪《のろ》われた目に東の地に大蛇が眠っていると言っていた。

詳細《しょうさい》な場所は青蓮にも分からないようだったが、ここから東の地である事は確かなようだった。

（東方の蛇《へび》……）

それ以外にも青蓮は窮奇の存在も見えているようだった。窮奇と渾沌の姿が分かるということは、神性の濃《こ》いものを見分けているのだろう。だとしたら、この大蛇もまた神性を持つものと言える。

（青竜《チンルオン》……）

地の四神である窮奇と渾沌に対《つい》を成す存在である天の四神。

その一柱が東方を守護するとされる青竜だ。

そしてもう一つ。

（青蓮が兄の銀狐に連れられて、身を隠しているのもまた東方……）

戦乱が続く中、渾沌は毎日のように出陣《しゅつじん》して戦場を巡っている。

今、渾沌がこの地を離れる事はできない。

青蓮とは距離《きょり》を置くこととなってしまったが、渾沌に青蓮の身を守る自信はあっても渾沌の傍に居れば必ず恐《おそ》ろしい思いをさせてしまうだろう。

それならば、力量に問題の無い銀狐と共にどこかで隠遁《いんとん》していてもらったほうが良いと思ったのだが……。

(何事も無くとはすまないだろうが、せめてもう少し時間が稼《かせ》げればいいのだが)

最終的に青蓮に何かあれば渾沌はこの国を放《ほう》り出しても助けに行く。

だが、獣人たちを、自分の眷属《けんぞく》たちを見捨てることもしたくはない。

渾沌は大きく伸《の》びをしてから、四つ足の獣に変じると、そのまま着ていた毛皮をくわえて塔の上から身を躍《おど》らせる。

(今のままでは見通しが悪い……)

影《かげ》のように黒い獣は、風に乗って空を駆け、本陣のある宮城の本殿《ほんでん》へと飛び去って行った。

◇

「兄さん！　もうちょっと速く走る馬はなかったの!?」

深い森の中、青蓮と銀狐の二人は馬の背に跨《また》がり、急《せ》かされる様に全速力で馬を走らせている。

二人は白夜皇国の宮城を抜《ぬ》け出した後、一旦《いったん》、故郷の華風国へ戻り、生まれ故郷の村ではなく、華風国の城下町を目指していた。

緑楼国とは隣《とな》り合わせだが、城下町は国境からも遠く、銀狐の昔の仲間も多い。何かあれば軍の動きから情報も得られるため、しばらく様子を見ようと思っていたのだ。

無理やり連れだされ、城に戻せと銀狐に噛《か》みついて暴れていた青蓮も、今、お前に何かあれば渾沌が狂《くる》うのだと言われてしまえば銀狐に従うほかないと思ったのか、しばらくは大人しく銀狐に連れられていた。

しかし、城下町へ向かう途中《とちゅう》、青蓮が急に緑楼国との国境にある村の方へ行きたいと言い出したのだ。

「無茶を言うな。二人乗りでただでさえも馬が弱るのに、この道もろくにない森の中だ。俺でなければ馬がとっくにつぶれている！」

手綱《たづな》を握《にぎ》り、盲目《もうもく》の青蓮を乗せて、ほぼ全力で駆け抜けていられるのは、銀狐の方術で二人の重みを馬にかけない様にしているからだ。

戦場で身軽に動き回るために体を浮《う》かし軽くするよう編まれた術だが、それを継続《けいぞく》し続けているのは偏《ひとえ》に銀狐の力量のすごさだった。

「それでも急いで！　この先に何かあるんだよ！」

「何かってなんだ⁉　お前の目に見えるのか？」

青蓮は呪《のろ》いの穢《けが》れによって視力を失っている。そのために殆《ほとん》どのものは見えないが、ごく限られたものだけを感じ取れるようになっていた。

「小さな……すごく小さなものなんだけど……正体はわからないけどすごく強いものだよ！」

銀狐にしがみつくようにして馬に乗っている青蓮はもどかしげにそう叫《さけ》んだ。

なんだか分からない。

でもきっと大事なもの。

そんな勘《かん》のようなものに突《つ》き動かされて道を変更《へんこう》させた。

こうして急いでいる最中も感じるものは感じるが、それが何かは分からない。

「でも、急がないと……光が消える……」

「くそっ！　急いでやりたいのはやまやまなんだが……」

一方、銀狐の目には青蓮とは別のものが捉《とら》えられていた。

この道もない森の中を一定の距離を置いて後を追ってくる存在がある。

「ただの山賊《さんぞく》なら嫌《いや》ならいいんだが……」

銀狐は嫌な予感がしてならないのをじりじりと感じながら、青蓮の望む方へと馬を急がせるしかなかった。

■第玖《きゅう》話　地の底に潜《ひそ》むもの。

銀狐《ユインフウ》の嫌な予感は先を進むにつれ、益々《ますます》高まってきている。

どう考えてもこの先に何か別の目的があるような道とは思えない。

華風《かふう》国の地理は熟知しているが、この先にあるのは廃村《はいそん》寸前の小さな村だけだ。

その村もこんな森の中を通るのではなく、森を迂回《うかい》するように敷《し》かれている街道《かいどう》があるので、旅人や行商の商人たちは皆《みな》そちらを通る。

獣《けもの》や山賊が身を潜めているような森の中を突っ切る利点は何もないのだ。

(それなのにずっと追ってきている)

銀狐たちが森に入ってからもうずいぶん時間が経《た》っている。

その間ずっと複数の騎獣が追ってきているのだ。

距離をつめながら追ってきているので、後をつける事が目的ではないだろう。

接触《せっしょく》すれば戦闘《せんとう》は免《まぬが》れないと思うが、あまり派手な事をして国境の向こうにいるだろう緑楼《りょくろう》国の兵士たちに気づかれたくもない。

しかも、連れは盲目。傍《そば》を離《はな》れる事はできない。

「青蓮《チンリエン》、お前、どこかに少し隠れてられるか？」

「追っ手がいるの？　すぐに片が付く？」

「とりあえずは回り込んで様子を見ないと……」

できるなら背後に回りこめればありがたい。

「じゃあ、先を急ごう！　確実に敵かも分からないんでしょ？　もし違《ちが》ったら無駄足《むだあし》になっちゃうじゃないか」

「……敵である確率の方が高いがな」

「じゃあ、兄さんは倒《たお》しに行ってよ。俺は一人で先に進んでるから」

「目の見えないお前を置いていけるわけないだろ！」

「どっかに隠れてろとか言ってたじゃないか。それならこっそり移動してても似たようなもんだよ」

「……先を急ぐ」

「そうして！」

銀狐は仕方なく、馬に更《さら》に無理を強《し》いる事を選んだ。

青蓮の言う「何かがある場所」までどのくらいの距離かも分からない。

馬がつぶれてしまったら、式を呼び出して二人を運ばせるしかないが、できればそれまでに決着をつけたい。

(そう、上手《うま》くはいかんよなぁ……)

銀狐は自分の胸にしがみついたまま、一方を指差し続ける青蓮を見てこっそりとため息を吐《つ》いた。

そして、悪い予感は微妙《びみょう》に的中した。

「やはり緑楼国の兵士か……」

ここはまだ華風国の領土で、あんな武装した他国の兵が入り込んでよい場所ではない。それでも入り込んできているという事は、明らかに国と対峙《たいじ》することになっても遂《と》げたい目的があるからだ。

追ってきた兵に発見されてからはあっという間だった。弱っていた馬に矢を射られ、銀狐と青蓮は間一髪《かんいっぱつ》それから逃《のが》れた。

そして、銀狐はじっと身を潜めながら、馬の辺りを探《さぐ》っているらしい兵を見る。

兵は相当な数の矢を馬に射ていた。馬が倒れた後も。

明確な殺意を感じるほどに。

そんな場所で、馬に乗る「誰《だれ》か」を追い、その「誰か」を殺そうとした。

(敵意しか感じない)

その敵意が「青蓮」と「銀狐」に向けたものか？

その確証はまだないが、可能性は非常に高いと思っている。

(くそっ！　青蓮を連れた状態で戦闘はしたくない。何とかして、移動しないと……)

銀狐が思い巡《めぐ》らしていると、青蓮がそっと銀狐の袖《そで》をつかんで呼んだ。

「どうした？」

「戦いになる？」

「そうだ……と言いたいが、状況《じょうきょう》的に少し不利だ。できれば撒《ま》いて逃《に》げ切りたい」

「可能性は？」

「強行突破《きょうこうとっぱ》」

「……俺が邪魔《じゃま》？」

「俺はお前を逃がすためにここにいるんだ」

不安そうな顔をしている青蓮の鼻をきゅっとつまむ。

「どうにもならなくなったら渾沌《フウブン》でも呼べ。あいつなら国を捨ててでも飛んでくるだろ」

「それはできない。そうさせないために離れたんじゃないか」

「なら、俺の言うことを聞いて、俺についてきてくれ。一般兵《いっぱんへい》程度なら何とかなるだろう」

他《ほか》の連中と距離《きょり》があるうちが好機だ。

(とりあえずは、強行突破させてもらう)

ここでいらぬ戦闘になるのは得策ではない。

「歯を食いしばってろ！　舌を嚙《か》むなよ！」

銀狐はそう言うと符を一枚口にくわえ、手で複雑な印を切った。

青蓮は銀狐の背に負ぶわれ、銀狐と密着するように帯できつく縛《しば》られている。

「わかった！」

銀狐の背にぎゅっと顔をつけ、体を丸めて縮こまるようにしてこれから来るだろう衝撃《しょうげき》に備える。

「来《らい》ッ！」

銀狐のかけ声とともに、下から突き上げられるように浮《う》かび上がる。

「つかまってろよ！」

「う、うんっ」

銀狐の召喚《しょうかん》した青銅の騎獣《きじゅう》が二人を背に乗せたまま足場の悪い森の中を走りだす。

「とにかく全速力で行くからな！　もう止まることはできないぞ！」

この先に何があるのかはわからない。

そこへ行きたがっている青蓮にだって何があるのかわかっていないようだ。

ただ視力を失った代わりに人ならざるものを視《み》るようになった青蓮の目に何かの小さな光が感じられているだけだ。

これで罠《わな》だったらたまらないなとは思うものの、渾沌級のバケモノがいるのでなければ何とかなるだろう。もしそんなバケモノが待ち構えていれば、青蓮の目にも視えるはずだ。

（当てが無いにも程《ほど》があるが、ここまで来たら何としてでも目的地までたどり着いてやる！）

それはすでに勘でしかなかったが、当たるのは悪い予感ばかりではない。

（まずは、逃げ切らないと）

銀狐はさらに術を重ね掛《が》け、青銅の騎獣の速度を上げられるだけ上げた。

しかし、その進行は予想以上に早く打ち切られることになってしまった。

「もう少し、先……なんだけど……」

騎獣の足を止めた銀狐に青蓮が声をかける。

目的地まで止まらないと言っていたが、二人を乗せた騎獣は青蓮の感じる「なにか」まであと少しのところで足を止めたのだ。

「悪い、この先を乗り物で行くのは無理だ」

銀狐は青蓮を背負ったまま騎獣から下りて術を解く。

青銅の騎獣は音もなく姿を消し、その場には二人だけが残った。

「歩くの？」

「いや、どうするか……ちょっと考える……」

青蓮には見えていないが、二人の前には谷のような亀裂《きれつ》が走り、行く手を遮《さえぎ》っていたのだ。

銀狐は必死に頭の中に叩《たた》き込まれていたこの辺りの地理を思い出そうとするが、位置がどんなにずれていても、こんな目の前にあるような巨大《きょだい》な亀裂が存在しているような土地ではなかった。

亀裂の幅《はば》は広く、どんなに跳躍《ちょうやく》力のある騎獣でも飛んで越《こ》えるのは難しそうだ。

そして、亀裂を迂回しようにもどこまで迂回すればいいのかもわからない。銀狐の立つ位置から亀裂の端《はし》は目視できなかった。

「嘘《うそ》だろ……こんな亀裂があるなんて報告受けてないぞ……」

切り立った崖《がけ》となっている側面は生々しく土が剝《む》き出しになっている。これはまだ亀裂ができてそう時間が経《た》っていないことを意味する。

もしこの見た目の通り最近できたのだとしたら、ここまでの亀裂ができるほどの現象を観測できていないはずがない。

「方術的な何かか……」

こんな亀裂ができるほどの術。

それこそ、渾沌くらいのバケモノが起こす禍《わざわい》のような……。

そこまで考えてある考えに思い至り、銀狐は青蓮に尋《たず》ねた。

「青蓮、お前に視えていた大蛇《だいじゃ》というのはここから近いか？」

「そんなに遠くはない……はずなんだけど」

青蓮は言葉を濁《にご》す。

「実は……」

青蓮が言うには、小さな光が視え始める少し前から大蛇の姿をはっきりと視ることができなくなってしまった。

しかし、それは消えたわけではなく、何かに封《ふう》じられたように歪《いびつ》な様子なのだと言う。

その代わりに小さな光のような「何か」を感じるようになったので、何か関連があるのかもしれないとその正体を確かめたいと思ったようだ。

「では、その『何か』はどこにいる？」

「もっと先だけど……確かにここからだと下の方かも……」

目に穢《けが》れを受けている青蓮には実際の風景は目視することができない。

「今、目の前に巨大な亀裂ができていて、亀裂の端も底も目視はできない。渡《わた》ろうにも鳥にでも乗らなければ渡れないような巨大なやつだ……」

「じゃあ、あれは、遠くにあるんじゃなくて……」

「光はその亀裂の底にあるのだろうな」

距離や位置を青蓮から聞けば聞くほどそうとしか思えない。

銀狐は青蓮を体に結び付けている帯を解《ほど》き、亀裂から少し離《はな》れた木の根元に座らせると、改めて亀裂の様子を見に戻《もど》った。

「式よ、この先を探《さぐ》れ」

呪符を亀裂の中に投げ入れると、ひらりと舞《ま》ったそれは小さな鳥の姿に変わって亀裂の底へと吸い込まれるように落ちて行く。

地の底へと降りて行く小さな式は、その目に映るものを銀狐に伝達してくる。

暗い
暗い

暗い
暗い……

光が届いていたのはほんの僅《わず》かな距離だけで、あっという間に黒一色に染められた世界だけになってしまった。

(だが、それにしても闇《やみ》が濃《こ》すぎる)

これだけ広い亀裂なのだから、もう少し光が下まで届くはずだ。

(何かが満ちているのか)

光を閉《と》ざすような濃厚《のうこう》な何かが。

(これが青蓮の言っていた「何か」なのか?)

青蓮は光のようなものと言っていたはずだが。

「青蓮……」

銀狐は青蓮を呼ぼうと立ち上がって、何かの気配が近づいてくるのに気が付いた。

「くそっ!　思ったより早かったな」

追手は間違《まちが》いなく緑楼国の兵だろう。もしかするとレンザたちの手の者かもしれない。

「兄さん?　どうしたの?」

「青蓮、追手が来た」

「えっ!　もう!?」

「思ったより早い。仕方ないから先に進むぞ！」

「え？　え？　わわっ！」

銀狐は青蓮のもとへ駆《か》け寄り、再び背負った。帯で縛《しば》っている余裕《よゆう》はない。

追手の気配はすぐそこまで来ている。

「しっかりつかまっていろ！」

「兄さん!?」

青蓮が何か言う前に、銀狐は全速力で走りだす。

そして、銀狐は亀裂の中へ、躊躇《ためら》いもせずに身を躍《おど》らせた。

◇

一方、渾沌《フウブン》たちは白璃宮《バイリイゴオン》の本陣《ほんじん》で緑楼国の動きを確認《かくにん》していた。

「やはりそうか……」

銀兎と地図を確認すると、青蓮の言っていたところに緑楼国の兵が向かっている可能性が高まった。

そして、渾沌が感じている青蓮の気配も同じ場所へと向かっていた。

「至急、青蓮のもとへ向かう」

渾沌は今回の戦《いくさ》の総大将ではない。総大将はあくまでも現皇帝《こうてい》だ。

これ以上戦火が広がれば、渾沌は戦場から離れることができなくなる。

だから動くとしたら今しかない。

そう思っていたのだが――。

「急報！　皇帝陛下が負傷！　直ちに渾沌様に前線への御命《ぎょめい》です！」

伝令が飛び込んできて、火急の報を告げる。

「チッ！」

不遜《ふそん》にも渾沌は忌々《いまいま》し気に舌打ちをする。

「役立たずの老いぼれが」

「渾沌様、お言葉が過ぎます」

この部屋にいるのは渾沌の味方ばかりではない。皇帝直属の者たちもいるのだ。咄嗟《とっさ》に銀兎《ユインツー》が諫《いさ》めるが、渾沌は取り合う気配すら見せない。

「役立たずは役立たずよ。伝令！　陛下の怪我《けが》の具合は如何《いか》ほどだ！」

「は、現在治療《ちりょう》中とのことですが、太刀《たち》を受けて意識不明とのことでございます」

「護衛兵は何をやってたんだ」

「そ、それが……」

伝令が伝えるには、兵士たちが急に戦意を喪失《そうしつ》し、その場を離脱《りだつ》するという異常事態が起こっているのだという。

「それ故《ゆえ》、渾沌様にとの御命です」

「……あと少しという時に」

これはもう戦場に渾沌が出るしかない。

それは問題ないが、タイミングは最悪だ。

最初から戦闘《せんとう》には立つつもりだった。

それを現皇帝の見栄《みえ》で若造がなくとも何とでもなると、渾沌に留守居を命じて皇帝は軍を出立させたのだ。

獣人《じゅうじん》の評価は力で決まる。

戦はそれを見せつける好機だと思ったのだろう。

その挙句がこれだ。

「渾沌様、出立のご準備を」

「……わかった。御命であるからな」

渾沌は羽織っていた毛皮を脱《ぬ》ぎ捨てる。

褐色《かっしょく》の肌《はだ》が露《あら》わになり、ブルッと一瞬《いっしゅん》体を震《ふる》わせるだけで、その輪郭《りんかく》は獣人のものから四つ足の獣《けもの》の姿へと変わる。

「ただし、行くのは俺一人でいい。すぐに終わらせて戻る」

「渾沌様！　せめて私が同行いたします！」

「銀兎、お前は俺の代わりに青蓮のもとへ！」

銀兎が慌《あわ》てて追うが、渾沌は一声吠《ほ》えると振《ふ》り向きもせずに窓から外へと身を躍らせる。

そして、日の暮れ始めた空を見上げて、大きく遠吠えを上げるとそのまま風のように宮城の外へと駆け出して行った。

獣姿の渾沌に追いつける速さの騎獣などいない。

銀兎は渾沌が姿を消した方角をじっと見つめながら思案する。

皇帝陛下が負傷したというのも気になる。

現皇帝は怪異《かいい》に近い渾沌にこそ及《およ》ばないが、歴戦の猛者《もさ》であり、その力を認められて皇帝となった。

少し見栄を張るようなところはあるが、決して軍人として劣《おと》るようなことはない。むしろ、軍略に関しては力任せの渾沌より優《すぐ》れ、また警戒心《けいかいしん》も人一倍強い。

銀兎には不安しかない。

準備不足も甚《はなは》だしい状態で切られた火蓋《ひぶた》。

渾沌の出陣《しゅつじん》。

そして、青蓮の不在。

銀狐神仙が傍《そば》にいるとはいえ、目の見えないあのか弱い人間のオメガの青年を、どうすることが正解だったのだろうか。

戦場は酷《ひど》い有様だった。

いや、酷くない戦場などない。いつも血と死体であふれているのが戦場だ。

そんな戦場を幾度《いくど》も見たが、ここはそれ以上だった。

『何をしているんだ……』

あと少しで国境につくというところで、渾沌は異変に気が付いた。

国境ではなくそこからわずかに外れた白夜皇国内の村で火の手が上がっていたのだ。

もしや国境から進軍を許して、主戦場が移動したのかもしれないと、渾沌は慌てて火の手の上がるほうへと踵《きびす》を返した。

そして、そこで見たものは、獣人兵たちが同じ獣人を襲《おそ》うという地獄絵図《じごくえず》だった。

「間抜《まぬ》けな次期皇帝陛下。地獄《じごく》の釜《かま》の底へようこそ」

癇《かん》に障《さわ》るような女の高い嗤《わら》い声が響《ひび》いた。

『お前は……』

ぐるると喉《のど》の奥が唸《うな》るような声が出る。

渾沌が村の様子を見下ろすために立つ建物の隣《となり》の屋根に一人の女が立っていた。

『旅芸人の女か』

渾沌は興味もなさそうな声で言った。女の挑発《ちょうはつ》に渾沌が乗ることはなかった。

女は天月《ティアンユエ》一座の舞姫《まいひめ》レンザだ。

青蓮を誘拐《ゆうかい》し、目に穢《けが》れを植え付けた女。

こちらを睨《にら》み立つレンザは、渾沌を見て唇《くちびる》を噛《か》み締《し》めて憎悪《ぞうお》を瞳《ひとみ》に燃やしている。

「……今度は、お前が獣人どもに屠《ほふ》られる番だ。自分の手駒《てごま》に殺されろ」

『何？』

レンザの声と同時に、ひゅっひゅっと風を切るような音がいくつも聞こえる。

『何をっ……』

音と同時に渾沌に縄《なわ》や鎖《くさり》が巻き付く。

下を見ると、いつの間にか集まってきた兵士たちが、渾沌を捕《と》らえんと撃《う》ち込んできているのだ。

その兵士たちはみな獣人だ。白夜皇国の御印をつけているのも見える。

『お前か、女』

渾沌は自国の兵士たちを傷つけぬように加減しながら、自分にまとわりつく縄や鎖を噛み切ろうとした。

しかし、その様子を見ながらレンザは芝居《しばい》がかった仕草で怯《おび》えて見せた。

「おお、こわ。もちろん私の所為《せい》ですわ。私、舞以外にもこんなことが得意ですのよ？」

そう言いながら、レンザは手にした小さな鐘《かね》を振る。

『く、ぐぅぅ……』

鐘の音が軽《かろ》やかに鳴り響くたびに、渾沌を縛《いまし》める縄や鎖が強く締まる。

縄や鎖には獣の穢れが染みついていて、渾沌の牙では引きちぎることができない。かといって力任せに振り解《ほど》こうとすれば、その縄や鎖の先にいる兵士たちを傷つけてしまう。

(面倒《めんどう》な……)

しかし奇妙《きみょう》なのは、獣人の抵抗《ていこう》を失わせるであろう「獣の穢れ」は、縄や鎖、兵士たちが持つ武器などからは感じるものの、操《あやつ》られているのだろう兵士たちからは感じない。

(なんだ、これは……)

ギリギリと押さえつけられながら、何があるのかと必死に辺りを探《さぐ》るが、目の前にいるレンザと兵士たち以外に何の気配も捉《とら》えらえない。

(——いや、違《ちが》う)

気配がないのではない。渾沌が感じられないのだ。

(俺が、濁《にご》っているのか……)

やたらと辺りが眩《まぶ》しい。その光の強さに、渾沌は目を閉じずにはいられない。

そして、その光が邪魔《じゃま》をして、渾沌の五感を封《ふう》じて行く。

「薄汚《うすぎたな》い四凶《しきょう》。天の神の力で、この世から消え去れ」

だんだんと閉じられてゆく意識の中で、レンザの高笑いが聞こえたような気がした。

■第拾話《じゅう》　対《つい》にある怪異。

「くそっ！　いってぇ！」

　着地は上手《うま》くやったはずだが、さすがに青蓮《チンリエン》の体重を全部受け止めたので足に痛みがある。

「兄さん……大丈夫《だいじょうぶ》……」

　銀狐《ユインフウ》の上に着地した青蓮も苦しそうな声を上げている。

「青蓮、怪我《けが》はないか？　痛むところはないか？」

「だ、大丈夫。でも兄さんを下敷《したじ》きにしちゃったから……」

「俺は何ともない。ちょっと泥《どろ》で汚《よご》れたが気にするな。それより……」

　銀狐は地面に腰《こし》を下ろした状態で、青蓮を腕《うで》に抱《だ》いたまま、自分たちが落ちてきた上空を見上げた。

「なんだか気味の悪い落下だったな。思ったより時間はかかったが、落ちた衝撃《しょうげき》はそう強くなかった」

　体感した落下時間が本物ならば、二人が落ちた高さは相当な高さになり、こんな風に打ち身で済むような状態ではなかったはずだ。

「感覚がおかしくなる……」

　おかしなのは時間の感じ方だけではない。

見上げても明かりは点ほども見えず、まるで墨《すみ》で蓋《ふた》をされたかのように真っ暗だ。それになんだか空気が異様に重い。

蜜《みつ》の壺《つぼ》の中にでも入りこんでしまったかのように、空気がねっとりと体に絡《から》みつくようだ。

「灯火《とうか》」

銀狐は初歩的な方術で火を灯《とも》せるか試してみた。

きちんと術が編めれば、狐火《きつねび》が現れ、辺りを照らしてくれるだろう。

「……無理か。ここは、何が満ちているんだ……？」

銀狐が独り言《ご》ちた言葉に青蓮が応《こた》えた。

「気……神気……」

「神気？」

「渾沌《フウブン》様に感じるものによく似てる……そわそわする」

青蓮はどこか落ち着かない様子で言った。

「兄さん、ここから歩いて移動できる？」

「どうした？」

「この先……」

青蓮が銀狐の手をつかみ、ある方角を示すように持ち上げる。

「この先に『何か』がある。——近い」

青蓮を連れて飛び降りたのは正解だったようだ。

鼻を抓《つま》まれてもわからないような闇《やみ》の中で、銀狐は青蓮を背負い、青蓮の声に従って歩き始めた。

地面はぬかるんでいるようで足が重いが、滑《すべ》るようなことはなく何とか歩ける。

「まったく前が見えない。気配も何も感じない。いや、感じないんじゃないな……何かが満ちていて目も耳もふさがれている」

ふわふわと漂《ただよ》うように先に足を進めているが、本当に進んでいるのかも銀狐にはわからない。

しかし、青蓮には何かが見えるようで、時々右や左と指示を出してくる。

「兄さん！　もう少しだよ」

「おう。……ん？」

青蓮のもう少しという言葉に、さらに前に進もうとしたが、不意に何か前に進んでいる実感が無くなった。

元々真っ暗で歩いている気はしなかったが、何やら足が空を切るというか、足を前に出して踏《ふ》み込んでも、地面を蹴《け》れてもいなければ、前に進んでもいない。

「どうしたの？」

歩みが遅《おそ》くなったのを感じたのか、青蓮も不思議そうに問う。

「いや、足が進まない。踏み出してはいるんだが、先に進まないんだ」

「進まない？　壁《かべ》があるような感じ？」

「違うな、壁ではなくて、何というか……空を搔《か》いてしまって先に進まない」

真っ暗で分からなくても今までは進んでいる感触《かんしょく》があった。

それが急になくなってしまって、足を動かしても滑ってしまうような感じがする。

「兄さん、俺を下ろして」

「え？　ちょっ」

背中に負ぶさっていた青蓮は、素早《すばや》く帯を解くとその背から飛び降りた。

「おいっ！　待て！　俺から離《はな》れるな！」

「大丈夫、兄さん！　本当にあとちょっとなんだっ……」

真っ暗な中で青蓮の声が遠ざかって行く。

銀狐は慌《あわ》ててその声の方を追おうとするが、足が滑るばかりで近寄れもしない。

「青蓮っ！」

「わぁっ！」

互《たが》いにほぼ同時に声を上げたその瞬間《しゅんかん》——。

辺りが一瞬で明るくなり、目もくらむような広い場所に放《ほう》り出された銀狐は目を瞬《まばた》かせて目の前にあるものを見た。

「これ、は……」

それは、青みを帯びた玉虫色の美しい、巨大《きょだい》な隻眼《せきがん》の蛇《へび》だった。

◇

「兄さん？」

青蓮は名を呼ばれて銀狐の声がした方を振《ふ》り返る。

目には何も見えない。銀狐がこちらにやってくるような気配もない。

視《み》えるのは目の前にある美しい玉虫色の光だけ。

青蓮はもう一度光の方に向き直る。

両手で閉じ込められそうなほど小さいが強く輝《かがや》きを放つ光の玉が、青蓮の胸くらいの高さのところに浮《う》いている。その光は呼吸をするように鮮《あざ》やかな色を閃《ひらめ》かせ、美しい揺《ゆ》らめきを作り出していた。

さっき、銀狐との会話でここに満ちているのは神気ではないかと話したが、これが神の気を練り集めたものだとしたらこの美しさも納得《なっとく》がいくようだ。

（渾沌様の気もこのように美しかった……）

渾沌は四つ足の獣《けもの》で、真っ黒い影《かげ》と赤い瞳《ひとみ》という禍々《まがまが》しい姿をしているが、実は放たれる気は清涼《せいりょう》で美しい。

発情に苦しむ青蓮に血を浴びせかけて精を分け与《あた》えるという力業《ちからわざ》を受けた時も、そこに感じたのは力強き者の安心感だ。

（神様……）

青蓮は視力を失って、呪《のろ》いをかけられたことで視えるようになったものがある。

渾沌は本当に恐《おそ》ろしい四つ足で四対《つい》の目を持つ怪異《かいい》だけれど、その姿の恐ろしさに反して、内から溢《あふ》れるものに穢《けが》れは一切《いっさい》ない。

大きな力が壊《こわ》すものもあるが、そこから新たに芽吹《めぶ》くものもある。

そういうものを穢れとは呼ばない。

渾沌は野分《のわき》のように人間にとっては圧倒《あっとう》的な脅威《きょうい》だ。

だが、そこにあるのは人間以外の新たな芽吹きの存在でもある。

この光はそんな渾沌と似ている。

(渾沌様と何か関係があるのだろうか……)

青蓮の目に視えるということはそういうことなのだろう。

「青蓮っ」

うっとりと光に魅入《みい》っていると、銀狐に名を呼ばれた。

「青蓮、そ、そこを動くな。というか身動きするな。俺が行くまでじっとして息を潜《ひそ》めろ」

銀狐はできるだけ穏《おだ》やかにでも聞こえるように大きめの声で青蓮に話しかけてくる。

「兄さん?」

「いいな! 動くなよ、頼《たの》むから……」

先ほどまで真っ暗だと言っていたが、今は青蓮が見えるのだろうか?

声の感じでは銀狐は少し離れたところにいるようだ。

「どういうこと——あ!」

銀狐と話していると、目の前の光の玉がふわりと動き出した。

ゆっくりと青蓮の目の高さまで上がってきて、そして——。

「青蓮っ！　逃《に》げろ！」

「兄さ……」

光はそのまま青蓮を呑《の》み込んでしまった。

◇

「青蓮っ!!」

銀狐は身動きもできないまま、青蓮が大蛇《だいじゃ》に呑まれるのを見ているしかなかった。

「青蓮っ！　青蓮！　青蓮っ!!」

大蛇のもとへ近づこうと藻掻《もが》くが、足は空を切り、手は滑り届かない。

「くそっ！　嘘《うそ》だろっ！　青蓮！　そんなっ！」

銀狐はめちゃくちゃに暴れながら、何とか方術が発動できないか試みるが相変わらず手応《てごた》えはない。

「青蓮！　青蓮！」

今ならばまだ、呑まれてすぐにその腹を裂《さ》けば、青蓮は助かるかもしれない。

「くそっ！　動け！　動け！　動かぬならこの身を捨ててでもっ——」

魂魄《こんぱく》だけになってあの大蛇に一矢《いっし》——と、舌を噛《か》み切ろうとした瞬間。

『——の子よ』

金属的な甲高《かんだか》い声とともに、銀狐は一切の動きを封《ふう》じられた。

「っ⁉」

もう声を上げることも藻掻くこともできず、銀狐はこちらにゆっくりと鎌首《かまくび》を近づけてくる隻眼の大蛇を見つめるしかなかった。

『我が言葉を聞きなさい、人の子よ』

甲高い声は大蛇の声か。

隻眼の大蛇はじっと銀狐を見つめたまま、静かに語りかけてくる。

『人の世に歪《ゆが》みが生まれようとしています。歪みが広がれば、人も獣も滅《ほろ》びるでしょう』

「…………」

『人と獣の釣《つ》り合いを正すため、私は天帝《てんてい》から遣《つか》わされました』

歪み。釣り合い。正す。

白夜皇国《びゃくやこうこく》では、初代皇帝《こうてい》の窮奇《クオンクイ》は世の釣り合いを正すため、人を屠《ほふ》るために遣《つか》わされた神なのだという伝承があった。

渾沌はその再来だと、聞いたことがある。

この目の前の蛇は、それと同じものだというのか？

『私は天の四神、東方青竜《ドンファチンルオン》。四凶《しきょう》と呼ばれる地の四神に対なる神。渾沌と対する神《モノ》』

渾沌の対となる存在。

渾沌は本当に神で、その神に対抗《たいこう》するために別の神が降りてきたというのか。

『銀狐神仙、我が依《よ》り代《しろ》となり人の世に我をつなぐ楔《くさび》となりなさい』

「!?」

隻眼の蛇は全く感情を感じさせない穏やかな目で銀狐を見つめている。

銀狐に害を及《およ》ぼすつもりはないのかもしれないが、青蓮は目の前の大蛇に呑まれたままだ。

(俺を望むのならば、対価を支払《しはら》え)

青蓮を無事に返せと、銀狐は強く念じる。

銀狐のすべては青蓮のもの。青蓮を助けるためならば依り代だろうが何だろうがなってやる。

『──その望み、叶《かな》えましょう』

その一言が契約《けいやく》の証《あかし》となった。

◇

「えっ？　見える……」

音も何もない空間に閉じ込められたかと思ったら、不意に何もかもが戻《もど》り世界が明るくなった。

目の前には銀狐が立って、心配そうにこちらを見ている。

「兄さん！　俺、目が見える！」

そう言って銀狐のもとに駆《か》け寄ると、銀狐は青蓮の頬《ほお》をそっと撫《な》で「良かった」とだけ呟《つぶや》くと、崩《くず》れ落ちるようにその場に倒《たお》れてしまった。

「兄さん？　兄さんっ⁉」

慌《あわ》てて銀狐の体を抱き起《だ》こすと、完全に意識を失っているようで揺さぶっても反応しない。

「どうして……まさか、俺の目を戻すために何かしたんじゃ……」

銀狐に溺愛《できあい》されている自覚はある。

その為《ため》なら自分の命を投げ出してしまう可能性があることも。

どうしたらいいのかわからずに、青蓮がぎゅっとその体を抱きしめると、銀狐の体が僅《わず》かに身じろいだ。

「兄さんっ⁉」

「……おま、えは……」

唇《くちびる》を開いているのは銀狐だが、そこから響《ひび》く声は甲高い金属質な声。

「……お前は、四凶の縁者《えんじゃ》か」

銀狐はゆっくりと目を開いたが、その右目は明らかに異質な色に変化していた。

琥珀色《こはくいろ》だった瞳は瞳孔《どうこう》も蛇《へび》のように細く裂けたようになり、色は――あの光と同じ美しい玉虫色。

「兄さんじゃない……」

青蓮は咄嗟《とっさ》に異質なその様子に身を引きそうになったが、兄の体であることを思い出しその体を抱きしめた。

そんな青蓮の心情を知ってか知らずか、銀狐の中にいる「何か」はゆっくりと青蓮の手から離《はな》れるように体を起こして立ち上がる。

「銀狐とお前の守護を約束した。四凶の縁者――青蓮よ」

「兄さんと……何故《なぜ》……」

「この器《うつわ》を我が依り代とするため」

青蓮は思わず悲鳴を上げた。

青蓮を守るために、この何だかわからないものと銀狐は自分の身体《からだ》をかけて取引をしたのだ。

「なんて……こと……」

光を取り戻した目から涙《なみだ》があふれる。

目を失ったままでも青蓮は良かったのだ。それでも渾沌は青蓮を傍《そば》に置くと決めてくれたのだから。

「お前の守護はいらない。兄さんを……銀狐を返せ」

泣き震《ふる》えて自分を睨《にら》みつけてくる青蓮を、「何か」は涼《すず》し気な薄笑《うすわら》いで見つめている。

「青蓮よ。兄の望みを無下にするな。私は渾沌と対《つい》なる天の神、東方青竜ぞ?」

「えっ……」

渾沌と対なるもの。

銀兎《ユインツー》に聞かされた話がよみがえる。

地の神、渾沌と対をなす天の神。

世界には、地の神と同じ力を持ち世の釣り合いを保つ天の神がいて、互《たが》いに牽制《けんせい》しあって釣り合いを保っている。故《ゆえ》に釣り合いが崩れるとき、渾沌を滅《めっ》することができる神として現れるのだという話は皇帝妃《こうていひ》となるための教育の一環《いっかん》で聞かされていた。

「まさか……渾沌様を……」

兄の姿をしたこの「何か」が青竜であるなら、それは渾沌を滅ぼすために現れる神だ。

「兄さん……」

そんなものに何故、銀狐は青蓮の守護を願ったのか。

青蓮には何もわからず、ただこの事態に途方《とほう》に暮れるばかりだった。

◇

『渾沌様……』

暗く落ち込んでゆく意識の中で、渾沌は青蓮の声を聞いた。

こうして囚《とら》われようとしている時でも、気を張《は》り巡《めぐ》らせれば青蓮がいる方角が分かる。

今すぐにも駆け付けたいのを堪《こら》え、見送った盲目《もうもく》の青年。

渾沌だけが視《み》えれば何もいらないと震えていた青蓮。

『あれ、は……』

ほんのわずかに感じる青蓮の気配。それがどんどん渾沌のいる方角へと近づいてくる。

その速さは馬や騎獣《きじゅう》の比ではなく、まるで空を駆けるかのような速さだ。

穢《けが》れを帯びた縛《いまし》めによって意識を失いかけていた渾沌は、もう一度気力を振《ふ》り絞《しぼ》って体を起こす。

「まだ動けるのか、ケダモノ」

耳元でレンザの声がした。

顔を上げると、いつの間にかすぐ傍に来たレンザが、爛々《らんらん》と憎《にく》しみに目を輝《かがや》かせて渾沌を睨みつけている。

『お前は……何だ？』

渾沌は目の前の女に問う。

天月《ティアンユエ》一座の舞姫《まいひめ》、獣人を隷属《れいぞく》させる術を使う術師、獣人を呪《のろ》い、渾沌を恨《うら》み、憎しみに瞳《ひとみ》を燃え立たせる女。

「私は緑楼《りよくろう》国——いえ、夜楼《やろう》国の王族の血を引くもの。お前たち獣どもに命を奪《うば》われ財を略奪《りやくだつ》された夜楼国王族の後継者《こうけいしゃ》よ」

渾沌は重い体をさらに奮い立たせ四つ足で立ち上がる。

『そうではない。お前が亡国の生き残りであることは予想がついていた。そうではなく——お前は人ではないな？』

「くく……あはははは っ！」

レンザは狂《くる》ったように笑い声をあげた。

「人、人ね！　そんなものであることはとっくに捨てたわ。この身に獣の呪いと——先祖から受け継《つ》いだ『神の力』を宿してね！」

『神の……力だと？』

今も感じているこの強い光だ。

目をくらますようなまばゆさが、渾沌の影《かげ》を奪って行くようだ。

「お前ら四凶《しきょう》に対するために、私たちは人間の守護である天の四神に、願いとこの身を捧《ささ》げたのよ」

レンザは美しい顔を歪《ゆが》ませるようにして笑った。

「私は生まれた時から我が身を神に捧げ、依《よ》り代《しろ》となるために苦しい思いをしてきた。獣の呪いに黒く身を染め、獣を屠《ほふ》る神の器《うつわ》となるべくずっと……」

レンザの言う神とは東方青竜のことだろう。四凶である渾沌と対《つい》となり相反し支えあう存在。地の力が弱り人が栄えれば四凶が遣《つか》わされ獣の勢力を取り戻すように、天の力が弱り獣が栄えれば四神が遣わされ獣を屠り人間の勢力を取り戻す。

それが釣《つ》り合いであり、その釣り合いによって世界は保たれている。

青竜は渾沌と対を成すが故に、渾沌を殺すこともできる人間側の唯一《ゆいいつ》の力だ。

いまだ穢れに囚われ身動きのならない渾沌の鬣《たてがみ》をレンザは白い指で摑《つか》む。

「青竜様のお力によって、お前に死と苦しみを」

嗤《わら》いの形に歪んだままの唇から、とろりと黒い血が滴《したた》り落ちる。

ぼたぼたと唇から吐《は》き出されるそれが、渾沌の上に滴り落ちるたびにジュウジュウと肉が焼けるような音と煙《けむり》が巻き上がる。

『ぐ、ぅ……』

渾沌は苦痛に身を震わせて悶《もだ》えるが、縛めがきつく避《よ》けることもできない。

その間も絶え間なくぼたぼたと黒い血が降り注ぐ。

『呪詛《じゅそ》……か……』

獣の血を取り込み練り上げた呪詛。

青蓮の光を奪い、獣人の兵士たちを操《あやつ》り、今、渾沌を穢《けが》し殺そうとするもの。

しかも、それは獣の穢れだけではなかった。

（青竜……）

そこに含《ふく》まれるものは明らかな神気。

渾沌と対の立場にある天の四神、東方青竜の神気だった。

遠い昔から渾沌のように釣り合いを保つために神が遣わされることは幾度《いくど》もあった。

それは天の四神、地の四神ともにあり、その血か呪いを受けて長く引き継ぐ者も少なくはなかった。

そういう者たちは人間や獣人から外れた力を持つことが多く、どちらかの支配階級に存在することが多い。

レンザもそんな一人なのだろう。古《いにしえ》の神の残滓《ざんし》を引き継ぎ、その身を毒に捧げることによってその力を増幅《ぞうふく》させ、今、こうして渾沌に立ち向かってきている。

「青竜様のお力を含んだ呪いよ。お前に抗《あらが》うことはできまい。完全にお前が動けなくなったら、私がこの手でなぶり殺しにしてやろうね」

レンザが手にしている刀からはより濃《こ》い穢れを感じると同時に、その穢れは青蓮の目を奪ったものと同じものだとわかった。

「亡《な》き国の民《たみ》たちの悲願！　復興の願い、今ここに――」

振りかざされた黒い刃《やいば》が、ギラリとぬめった光を放った。

◇

「青蓮様！　銀狐！」

青蓮は銀狐に抱《かか》えられ、亀裂《きれつ》の上へと舞《ま》い戻《もど》った。

そこには軍装の銀兎が騎獣と共に待ち構えていた。

「銀兎さんっ！」

抱《だ》きかかえられたままの青蓮がその存在に気が付き腕《うで》を伸《の》ばす。

「銀兎さんっ！　お願い！　兄さんを……止めてっ！」

「え？　な、何事ですか⁉」

いきなりのことに銀兎も慌《あわ》てているようだが、とりあえず青蓮を片腕に抱いたまま、じっとこっちを見ている銀狐に向かう。

「失礼しますよ、銀狐」

そう言うや否《いな》や、銀兎の体はぐんっと膨《ふく》らみ、あっという間に体が一回りは大きくなり、その肌《はだ》の色は美しい玉虫色に変わっている。

オオトカゲの獣人である銀兎の額にあった鱗《うろこ》と同じ色だ。

「おお、お前は」

何の表情もなく銀兎を見ていた銀狐が目を瞠《みは》った。

「青蓮様、口を閉じてください！」

銀兎は、青蓮を抱《かか》えたままじっとこっちを見ている銀狐の正面に立つと、その太い腕を伸ばし、黒く鋭《するど》い爪《つめ》をもった両手でガッとその肩《かた》をつかんで持ち上げた。

「ひぃっ！」

銀狐ごと持ち上げられた青蓮が悲鳴を上げたが、銀狐はしっかりと青蓮を抱えたまま放さず、銀兎も二人分の重量を軽々と持ち上げている。

「で、これは一体どういう事態でございますか？」

二人を抱え上げたまま、銀兎が青蓮に尋《たず》ねた。

「これより先は私が話そう」

「え？」

見た目は銀狐なのにその口から響《ひび》くのは甲高《かんだか》い金属のような声。それを聞いた銀兎は我が目を疑い抱え上げた銀狐——青竜を見上げた。

「私は東方青竜。天の四神にして、渾沌と対《つい》なるものだ。協力するならば話をしよう。我が眷《けん》属《ぞく》の血を引く末裔《まつえい》よ」

キロッとこちらを見下ろす目の片方は、よく見れば銀兎を覆《おお》う鱗のような鮮《あざ》やかな玉虫色をしている。

「東方……青竜様……」

「知ってるの!?　銀兎さん！」

「ええ、渾沌様から伺《うかが》ったことがあります……」

銀兎は少し考えてから、ゆっくりと青竜を下におろした。

話をしようと言ったのは本当だったらしく、別段逃《に》げようという様子もなく、じっと感情のない目で銀兎を見ている。

「申し訳ございません、青竜様。できれば青蓮様をお放しいただけますでしょうか？」

「私は、この依り代に願われてこの者を守護せねばならぬ」

「私は決して青蓮様に危害を加えるようなことは致《いた》しません。渾沌様から私に下された命も同じ。青蓮様をお守りすることです」

それでもじっとこちらを見つめるばかりの青竜に、銀兎はゆっくりとその場に膝《ひざ》をつき頭を下げ願った。

「私は渾沌様と青蓮様の従者、白夜皇国の銀兎。青竜様の御印《おしるし》を頂戴《ちょうだい》したものの末《すえ》として、この言葉に嘘偽《うそいつわ》りなきこと、ここに誓《ちか》います」

それを聞いて、青竜はゆっくりと青蓮から腕を放した。

「兄さん……」

解放された青蓮は一歩だけ体を離《はな》したが、それ以上は動かなかった。

「お前の兄は、今、深き淵《ふち》の底で私に代わり深く眠《ねむ》っている。我が総身を取り戻し、世の釣り合いを戻すまで、我が依り代として」

「そんな……」

「案ずることはない。すべてが終わればお前の兄にこの体を返し、お前の兄は解放されよう」

「で、でもダメです！　渾沌様の元へ行かせるわけには参りません！」

青蓮は護身用に懐《ふところ》に入れていた小刀を取り出して鞘《さや》から引き抜《ぬ》いた。

「青蓮様!?」

驚《おどろ》いた銀兎が慌ててそれを取り上げようとするが、青蓮はそれを抱え込むようにして構えた。

「釣り合いをとるというのは渾沌様を倒《たお》すことですよね……渾沌様が強大なお力をお持ちだから……」

銀狐の体だと思えば傷つけることを躊躇《ためら》ったが、それでも渾沌を倒そうというものをそのままにはしておけない。

しかし、青竜は舞《まい》でも舞うような優雅《ゆうが》な手つきで青蓮の方へ手を伸ばすと、青蓮は手にしていた小刀をすんなりと青竜に奪《うば》われてしまった。

「気の強さは、流石《さすが》、獣《けもの》の眷属よの」

「…………」

「……まだ私が渾沌を滅《めっ》するべきかどうかはわからぬ」

「え？」

青竜の言葉に、青蓮は身動きを止める。

「それは……如何《いか》なことなのでございましょうか？」

銀兎はさりげなく青蓮の隣《となり》に寄って、これ以上無茶をさせないようにしながらも、青竜の言葉に問い返した。

「私がこの世に呼ばれたのは確か。それが世の釣《つ》り合いに歪《ゆが》みが生まれたためならば、渾沌と戦い、獣人たちを屠《ほふ》り、世の歪みを正さねばならぬ」

「…………」

「だが、渾沌も同じくこの地に眠っていたのを呼び起こされたのだとこの依《よ》り代《しろ》に聞かされた。それは同じく世に歪みが生まれている故《ゆえ》だろうが、遣《つか》わされたのとは真逆の事象。本来、我らが同時に遣わされることはあり得ないのだ」

「あ……」

そうだ。

地の四神――四凶《しきょう》は獣人たちの減衰《げんすい》を止めるために人間を屠る。

そして、天の四神は人間の減衰を止めるために獣を屠る。

どちらかに傾《かたむ》いてしまった天秤《てんびん》を正しく均等に戻すだけならば、どちらか片方だけが遣わされるはずなのだ。

天の四神と四凶がぶつかり合う必要はない。

「私は、代々、窮奇様と渾沌様がお休みになる霊廟《れいびょう》に仕え、天よりお言葉があれば渾沌様をお迎《むか》えするための命を受けて来た一族の者です。そして、天より『時、来たり』とお言葉があり、私は渾沌様のお出迎《でむか》えをしたのです」

「そうか」

銀兎は、渾沌は天啓《てんけい》によってこの地に遣わされたと、暗にそれを伝えた。

「では、やはりかの地に参り、総身を取り戻さねば、結果はわからぬ」

青竜はぼんやりとこっちを見ている青蓮を再び腕に抱える。

「今の我は存在の大半を失い、わずかな神気しか残っておらぬ。存在を失う時に持ち去られた我が力を使おうとしている者がいる。その者のもとへ参れば、そこに渾沌もおる故、おのずと真《まこと》は分かろう」

どちらかが過ちで遣わされたのだとしたら、それは正さねばならないこと。

もしくは天意なく人の祈《いの》りだけで呼ばれたのだとすれば――。

ありえぬ話ではない。それだけ祈りというものは強い。

だが、祈りをささげて降臨を願った後に、その存在を奪うなどという暴挙が、たとえ守護を天から命じられた存在だとしても許されることなのだろうか？

「青竜様はどうなさるおつもりなのですか？」

青蓮は、人形のように表情も変えず淡々《たんたん》と話す青竜を見つめる。

神というものは人と違《ちが》うものだとわかってはいるが、自分をそんな目に遭《あ》わせた相手に対して怒《いか》りすら感じているようには見えない。

「そうだな。大半を奪われたとはいえ、自分の残滓《ざんし》を追うくらいはできる。そしてそこへ行けば聞き出すこともできよう」

「聞き出す？」

「真実を問い真を明らかにしたのちは、然《しか》るべき筋に戻《もど》すまで」

静かに言う言葉を聞いて、青蓮は先ほどまでの自分の思い違いを悟《さと》った。

感情の問題ではない。筋の誤りは許されないのだ。何があっても。

「では、参るぞ。獣の眷属よ」

「私も！　ご一緒《いっしょ》させてください。私は青蓮様の従者でもあります。今こうして在る状態で、青蓮様から離れるわけには参りません」

銀兎がすかさず声をあげる。

「好きにせよ。そなたの騎獣ならば我が後にもついてこられよう」

「はっ、ありがとうございます」

銀兎は青竜に対して恭《うやうや》しく頭《こうべ》を垂れた。

銀兎が乗ってきた騎獣は騎獣の中でも一番移動の速い天馬だった。

天馬は馬のように地を駆《か》けることも、その大きな翼《つばさ》で空を飛ぶこともできるため、移動だけを考えればこれ以上の騎獣はいないだろう。

四つ足の渾沌には及《およ》ばないが、この天馬があったのですぐに青蓮のもとへ駆けつけることができたのだ。青蓮の居場所は渾沌より聞かされていたという。

(渾沌様……)

離れていても、ずっとその居場所を探してくれていたのだと思うと、青蓮の胸の中に温かな火が灯《とも》るようだ。

緊張《きんちょう》の中にわずかに笑《え》みを取り戻した青蓮が銀兎に言う。

「渾沌様が遣わされたことに疑いはありません。行きましょう、銀兎さん」

「では、参るぞ」

甲高い青竜の声がそう告げると、青竜と抱《かか》えられた青蓮はふわりと宙に舞《ま》い上がった。

そして、鬱蒼《うっそう》とした森の木よりも高く上がると、そのまま西方を目指して滑《すべ》るように疾走《はし》り出だす。

「置いて行かれてはかないませんね」

獣化を解き慌《あわ》てて手綱《たづな》を握《にぎ》ると、銀兎も天馬を駆り森の上へと駆け上がる。

「渾沌様、青蓮様……」

どうか、どうか、正しきお導きを。

そう祈りながら、銀兎は飛び去りゆく影《かげ》の後を追ったのだった。

■第拾壱《じゅういち》話　地の眷属《けんぞく》、天の眷属。

「亡《な》き国の民《たみ》たちの悲願！　復興の願い、今ここに――」

そして、振《ふ》りかざされた黒い刃《やいば》が、渾沌《フウブン》に振り下ろされんとするその瞬間《しゅんかん》。


「渾沌様！」

頭上から愛《いと》しきものの声が響《ひび》く。

『青蓮《チンリエン》……』

近づいてくるのはわかっていた。だが、その目にその姿を捉《とら》えると一層の喜びが湧《わ》いてくる。

赤銅《しゃくどう》色の髪《かみ》を獣の尾《お》のようになびかせた銀狐《ユインフウ》が、渾沌とレンザの前に飛び降りてきたのだ。

そして、その腕《うで》に抱《いだ》かれていたのは――。

「渾沌様！　渾沌様！」

銀狐の腕を振り払《はら》うようにして、青蓮が渾沌のもとへ駆け寄ってくる。

「渾沌様、なんて酷《ひど》い……」

青蓮がレンザの毒を受けて焼けただれた傷にそっと触《ふ》れた。

「俺にこれを癒《いや》す力があったらよかったのに……」

傷を見てはぼろぼろと涙《なみだ》をこぼす。

『青蓮、見えるのか、か、か？』

「はい。青竜《チンルオン》様に穢《けが》れを祓《はら》っていただきました」

『青竜……そうか』

青蓮の口から青竜という名を聞いて腑《ふ》に落ちた。

レンザも同じ名を口にしていた。

「我が血の混じりが人の子を苦しめていたのでそれを祓ったまでのこと」

銀狐が感情の乏《とぼ》しい眼差《まなざ》しで渾沌をじっと見つめてくる。

よく見れば、渾沌の見知った銀狐とはずいぶんと雰囲気《ふんいき》が違う。

『なるほど、銀狐を依り代にしているのか……礼を言う青竜』

渾沌は穢れに囚《とら》われたままだが、凛《りん》とした態度で青竜に礼を述べた。

「さて、礼を言われるにはまだ早いかもしれぬぞ。そこに居《お》るは我が眷属か？」

銀狐――青竜が、レンザの方を向く。

「東方青竜様《ドンファチンルオン》！」

青竜を信仰《しんこう》するレンザにはその正体がすぐにわかったのであろう、歓喜《かんき》の声を上げてその場に額《ぬか》ずいた。

「夜楼《やろう》の民の悲願！　何卒《なにとぞ》、お力を！　どうか、その汚《けが》らわしき獣《けもの》に天罰《てんばつ》を！」

レンザは祈り乞《こ》う。その声は悲痛な悲鳴のようだ。

「……これは、ずいぶんと酷い形《なり》よの」

青竜は歓喜に震《ふる》えるレンザの姿を見て眉《まゆ》をひそめ呟《つぶや》いた。

そんな青竜の様子に気づくこともできないレンザは言葉を続けた。

「こやつは長きに亘《わた》り青竜様をお祀《まつ》りしていた夜楼国を滅《ほろ》ぼしたケダモノ。人の世にありて禍《わざわい》にしかならぬ邪神《じゃしん》です！」

「憐《あわ》れな我が眷属よ。故《ゆえ》に我が力を欲《ほっ》し、我が身をその身に取り込んだのか？」

青竜がゆるりとレンザに歩み寄る。その流れるような動きは二本の足で歩いているのに蛇《へび》を思わせる。

一歩、一歩、ゆるり、ゆるりとレンザに近づく。

「青竜様！　私はっ……」

レンザの言葉を遮《さえぎ》るように、青竜はその口を手でつかんで塞《ふさ》いだ。

「神に言葉は要《い》らぬ。お前が我の存在をその内に持つことは明らか。ならばお前の中の我に問おう」

「っ!?」

青竜はレンザの口を手でふさいだように見えたが、それは手ではなく袖《そで》より這《は》い出る蛇だった。

どこから姿を現すのか、女の腕ほどもある蛇がずるずると何匹《びき》も這い出てきてはレンザの顔と首に巻きついた。

「う、ぐっ」

レンザは苦悶《くもん》の声を上げるが、青竜は関せずレンザを見つめている。

明らかに、青竜は怒《おこ》っているのだ。

「ぐ、ぅ……ぅ……」

苦しみに藻掻《もが》いても、青竜は決してやめようとしない。

「ほう、ほう、我が身を宿すためにこんなに呪詛《じゅそ》に冒《おか》されて。人の身にはさぞ苦しかろう――いや、もう人ではないかな」

蛇は喉《のど》に絡《から》まり体に巻き付き、鎌首《かまくび》を上げてしゅうしゅうと鳴いている。

レンザの目はもう光を失い、蛇に巻き付かれていることで支えられているが、体中のどこもが脱力《だつりょく》して痙攣《けいれん》している。

「青蓮の目を穢しておったのは、我が血を元に獣と掛《か》け合わせた呪《のろ》い。獣には祓えず、人にも祓えず、穢れを振りまく毒。お前は――」

「レンザ！」

突如《とつじょ》、青竜の言葉を遮るように声が割って入った。

騎獣に乗ったシェムハが、皆《みな》のいる屋根の上へと飛び上がってくる。

「――覚悟《かくご》！　銀狐！」

シェムハは銀狐――青竜に向けて刀を振りかざす。

青竜は刀を避《よ》ける気配も見せず、じっと虚《こ》のような瞳《ひとみ》でシェムハを見ていた。

「兄さん！　逃《に》げて――」

縋《すが》りついていた渾沌から手を離《はな》し、銀狐のもとへ駆け出そうと青蓮は腰《こし》を浮《う》かせたが、大きな影が目の前に現れ行く手をふさいだ。

「渾沌様！」

渾沌は穢れの縛《いまし》めを引きずりながら、ゆらりと立ち上がり、その身をもって青竜を庇《かば》うように立ちふさがった。

それと同時に辺りを空気ごと震わせながら低い咆哮《ほうこう》が響き渡る。

「うっ……」

咆哮を浴びせられたシェムハは刀を取り落とし、穢れの縛めを放って渾沌を押さえつけようとしていた獣人たちはみな崩《くず》れるように座り込んでしまった。

「くそっ！」

シェムハは一声上げると、渾沌に新たな一撃《いちげき》を放った。

その一撃は渾沌にはじかれてしまうが、腕に洋弓銃《クロスボウ》を構えたままシェムハは幾度《いくど》も渾沌に矢を放ちながらレンザのもとに駆《か》ける。

「レンザを返してもらうぞ！」

蛇に絞《し》められ、もう生きているのかも危ういレンザの体を抱《かか》え上げ、絡みつく蛇に矢を撃《う》ち込み引きはがす。

洋弓銃の矢は短いが強い威力《いりょく》によって蛇を撃ち離し、シェムハはレンザを抱えたまま騎獣にまたがる。

『待て！』

渾沌は再び咆哮を上げて騎獣に嚙《か》みつこうとしたが、一瞬《いっしゅん》の隙《すき》をついてシェムハはレンザの持っていた鐘《かね》を鳴らした。

「退《の》け、ケダモノ。今のお前らではこの鐘の音には抗《あらが》えん」

軽く響き渡る鐘の音は、決して強くはないが強い光のようなものを放ち獣人たちを苦しめる。

渾沌も例外ではなかった。それでも膝《ひざ》を折ることなく半歩後退《あとずさ》るだけだったのは流石《さすが》と言えよう。

「渾沌様……」

穢れを祓われても、その身に渾沌の血が残る青蓮も苦しそうにうずくまる。

今これ以上は分が悪いと、渾沌は低く唸《うな》りながらも青蓮を庇うようにさらに一歩後ろに下がる。

シェムハの腕にある洋弓銃には矢が番《つが》えられたまま油断なく渾沌や青蓮に狙《ねら》いを定めたままだ。

しかも、敵か味方かわからない、その事態を見つめている青竜もいる。

これだけ苦しむ者たちのいる中、青竜だけは静かにたたずんでいた。

レンザにあれだけの苦痛を与《あた》えたのだからシェムハたちに加勢するようには思えなかったが、かといって渾沌に味方するとは限らない。

そう考えたのはシェムハも同じだったようだ。

シェムハは矢を番えたままでゆっくりと騎獣を立ち上がらせる。他《ほか》の騎獣たちがおびえて何もできない中、シェムハの騎獣だけは何とか立ち上がった。

「このままで済むと思うなよ、ケダモノの王！」

動かずじっと見据《みす》えている渾沌を睨《にら》みつけたまま、シェムハの騎獣は跳躍《ちょうやく》した。隣《となり》の屋根に飛び移り、こちらを向いて警戒《けいかい》したまま、もう一度別の屋根へと飛ぶ。

そして、鐘の音とともに少しずつ遠のき、やがて溶《と》けるように消えた。


鐘の音が完全に消えると、渾沌はどさりとその場にうずくまる。

「……渾沌様っ!?」

『案ずるな、青蓮』

渾沌は少し首を上げて青蓮を見ると、その目を笑うように細めた。

『目は痛まぬか？　大丈夫《だいじょうぶ》か？』

こんな中でも渾沌は青蓮を気に掛けてくれる。

再び毛皮に縋りつく青蓮に、そっと鼻を近づけ、目元をぺろっと舐《な》めて優《やさ》しい声で問う。

獣の爪痕《つめあと》のような呪詛の痕はすっかり消えて、美しい黒い瞳が渾沌を見つめ返してきた。

「お前の番《つがい》は人の身でありながら深く獣の資質を備えておるのだな」

声がして、青蓮が慌《あわ》てて顔を上げると、青竜が何事もなかったかのようにこちらを見ていた。

『改めて礼を言う。我が伴侶《はんりょ》の穢《けが》れを祓《はら》ってもらったこと感謝する』

「なに、先も言ったが、我が血を穢れに使われたのを祓ったというだけ」

「そ、それでも、ありがとうございました。お陰《かげ》でこうして再び渾沌様のお顔を拝見することができます！」

青蓮は慌てて頭を下げた。

穢れがあったときでも渾沌の魂魄《こんぱく》の姿を視《み》ることができたが、やはりこうして表情のある渾沌を見ることができるのは嬉《うれ》しい。

「その様子であれば、お前が喪心《い》する心配はなさそうだな」

『ああ、青蓮が俺のもとにいる限りそれはない』

渾沌はそう言うと、もう一度、青蓮の頬《ほお》を舐めた。

獣《けもの》の愛情表現だが、青蓮はこういう渾沌の仕草が好きだ。

神様だと言われるより、ずっと確かな存在として感じる。

（そうだ……神様なんだ……）

青蓮は改めて渾沌と青竜を見た。

青竜は銀狐の体の中にいるのだという。

見た目は片眼の色以外は銀狐と変わりないが、表情や佇《たたず》まい、雰囲気《ふんいき》は明らかに違《ちが》う。

元の銀狐も相当人間離《ばな》れしたところがあったが、そういうものとも違う、人間らしさのようなものが全く感じられない。

レンザが青竜の力を使っていることに怒っていたようだが、怒《いか》りに付随《ふずい》する感情のようなものが見えなかった。

許されないことをしたので、罰《ばつ》を与える。

しかし、そこには感情——温情や憎《にく》しみなどは存在せず、せねばならぬという強い意志だけがあるようだった。

「渾沌様っ！」

不意に、上空から声が聞こえた。

見上げると、天馬に跨《また》った銀兎が頭上を旋回《せんかい》している。

天馬の足では傾斜《けいしゃ》のきつい屋根に降りるのは難しいため、どこに降りるか迷っているようだ。

『宮城へ戻《もど》れ、銀兎。俺もすぐに行く！』

何とか体が起こせるようになったらしい渾沌が頭上に声をかける。

「で、ですが……」

『大丈夫だ。青蓮とともに帰る。——青竜』

渾沌に呼びかけられると、青竜はちらりとこちらを向いた。

『お前はどうするのだ？　ことはまだ終わっていないようだが』

「我の廟《びょう》は地に沈《しず》み、人は我を必要とはしておらぬ。このまま廟に戻ってもよいが、我が存在を取り戻さないことにはそれもままならぬ。しばらく、お前の廟に仮の宿を求めたい」

『わかった。青蓮の穢れを祓ってくれた恩義がある。客人として我が宮城に迎《むか》えよう』

渾沌はそう言うと、もう一度、頭上の銀兎に声をかけた。

『聞いたか！　お前は疾《と》く戻り、客人を迎える準備をしろ！』

「御意《ぎょい》！」

天馬がばさっと一際《ひときわ》大きく羽ばたいて、銀兎は頭上から離れていった。

『さあ、青蓮も乗れ』

「で、でも、渾沌様、お怪我《けが》が……」

『こんなものは傷のうちに入らん。大丈夫だ』

渾沌はそう言うと青蓮の胸元《むなもと》にすりっと頭を擦《す》り寄せる。

その様子を見て、青竜は目を眇《すが》めたが、何も言わずにゆっくりと屋根を蹴《け》って宙に浮《う》かび上がった。

「痛かったら、すぐに言ってくださいね」

青蓮も意を決して渾沌の背にまたがる。

あの艶《つや》やかだった毛並みが血と埃《ほこり》に汚《よご》れてしまっているのがひどく悲しい。

「宮城に戻ったら、お体を清めさせてください……」

血の匂《にお》いがする背に伏《ふ》せて、青蓮は祈《いの》るように言った。

『……すべて終わったならな』

渾沌の言葉がぽつりと聞こえて、そのまま力強く地を蹴って渾沌と青蓮も宙に舞《ま》い上がったのだった。

◇

渾沌は青蓮を背に、宮城までの距離《きょり》を駆け切ったが、その具合はたいそう悪く、途中《とちゅう》、息を切らせる時もあった。

「渾沌様、どうぞご無理をなさらずに」

背を下りて歩くと言う青蓮を頑《かたく》なに離《はな》さず、足を休めている時でも傍《そば》に侍《はべ》らせている。

『お前が傍にいれば、それだけで大丈夫だ』

渾沌を案ずる度《たび》にそう言って鼻先を寄せてくる。

青蓮もその度に、そっと頭を抱《だ》きしめるようにしてその被毛《ひもう》を優しく手で梳《す》いた。

宮城に戻ると、先に戻った銀兎が万全《ばんぜん》の支度《したく》を整えて待ち構えていた。

「お戻り、お待ちしておりました」

渾沌、青蓮、青竜の三人は白璃宮《バイリイゴオン》の広間に落ち着く。

ただ、渾沌は宮に戻るなり本陣《ほんじん》に詰《つ》める兵士たちに国境《じょうきょう》の状況を確認《かくにん》してもう一度出ると言ったが、それは銀兎が止めた。

「あと一押しではございますが、何が待ち受けているかわかりません。増援《ぞうえん》が向かっておりますので、渾沌様はまずはお体をお休めください」

『この位の傷は……』

「それは我の血の障《さわ》りであろう？」

人の姿に変化《へんげ》もできず身を横たえている渾沌に青竜が声をかける。

「青竜様の血の？」

清浄《せいじょう》な水と布で渾沌の傷口を清めていた青蓮が顔を上げた。

「なぜ、青竜様の血が渾沌様に？」

「あの女が宿しているのは我が存在。それに呪《まじな》いをかけたのだ」

青竜はそう言うと、じくじくと焼け爛《ただ》れた渾沌の傷口に手を当てる。

「血が流れた故《ゆえ》、獣の穢れが大分薄《うす》まったな。この位であれば今の我であっても祓えよう」

そう言って、青竜がその手で傷口を拭《ぬぐ》うように撫《な》でると、まるで汚れが落ちるように傷口が消えた。

「ありがとうございます！　青竜様！」

血が滲《にじ》むのを止めることすらできなかった傷は、青竜のひと撫でできれいに癒《い》えてしまった。

「我と渾沌では反発が強い故な。獣の穢れで弱らされた上に我が血の呪いではつらかろう」

「青竜様……青竜様はどうして渾沌様をお助けくださるのですか……」

渾沌に対し敵意を一切《いっさい》見せない青竜に、青蓮は思い切って疑問をぶつけてみた。

世の釣《つ》り合いを保つため、青竜と渾沌は相反する存在として在る。

「我は人間の信心に応じ僅《わず》かながら助けの手を差《さ》し伸《の》べた。しかし、人はそれを歪《ゆが》め、呪いに用いたのだ。神の力を歪めて使うことは理《ことわり》に反する」

レンザを見て青竜は今の事態をすべて悟《さと》ったのだろう。

「元より此度《こたび》の乱は渾沌に課せられしもの。我が介入《かいにゅう》するは天意に反する」

「では、青竜様は渾沌様と戦うことはないのですか！」

「今は、な」

青竜は鷹揚《おうよう》に頷《うなず》いた。

「良かった……」

青蓮は手にしていた布をぎゅっと握《にぎ》りしめて涙《なみだ》ぐんだ。

青蓮と銀狐が招いたものが渾沌を害することになったら、後悔《こうかい》してもしきれない。

「ありがとうございます……青竜様……」

「礼には及《およ》ばぬ。お前の兄の体を借りているのは私の方だ。依《よ》り代《しろ》の願いはお前を守護《まも》り、手助けをすることだ。それを叶《かな》えねばならぬ」

「どうして、そんなに……」

「お前たちだけの問題ではない。存在と神気の大半を奪《うば》われ、呪いに使われて歪められたことで、四神としての力の殆《ほとん》どを失ってしまった。地上に上がることも叶わず、あの亀裂《きれつ》の底で衰《すい》弱《じゃく》して消えるのを待つばかりとなっていた」

青竜はすっと膝《ひざ》を折り、青蓮の前に膝をつくと、その目の前にそっと手をかざした。

一瞬《いっしゅん》、隣《となり》にいた渾沌が警戒《けいかい》するようにぐるるっと喉《のど》を鳴らしたが、害意はないと見たのかそっと青蓮に顔を寄せるだけで黙《だま》った。

「我が血の穢《けが》れを受けたせいで、お前の目に映ることができたのは僥倖《ぎょうこう》であった」

「いいえ、いいえ。渾沌様の穢れをお清め下さりありがとうございました。それだけで、俺はもう……」

「欲《よく》のないことよ。依り代は体を貸すには代価を寄越《よこ》せとはっきりと言っておったぞ」

「に、兄さん……」

仄《ほの》かに揶揄《からか》うような声音《こわね》に、青蓮は頬を赤らめる。

確かに銀狐ならば相手が神だとわかっても臆《おく》さずに交渉《こうしょう》するだろう。

現に交渉してくれたから、青蓮は視界を取り戻せた。

『これからどうするつもりだ？』

話が落ち着くのを待っていたのか、やっと渾沌が口を開いた。

『戦《いくさ》が落ち着けば俺も力が貸せる。それまで我が廟にいれば良い』

「うむ。それはありがたいが……我が神気を持っているあの娘《むすめ》がある限り、お前の力は奮えまい。我が存在を取り戻すのが先であろうな」

『そもそも、お前は何故《なぜ》、人間風情《ふぜい》に神気を奪われるまでのことになったんだ？』

「我が廟に千夜通いをした者があったのだ。その信心に応じて、力を貸してやろうと手を差し伸べたのだが……」

千夜通いは文字通り神様をお祀《まつ》りする祠《ほこら》や廟に千夜お参りに通うことだ。

青竜の廟はあの森の奥深くにあり、どんなに近い村から通いに来ても騎獣《きじゅう》に乗って半日かかる。千夜通いを果たした人物は千夜の間、ずっと森の中で暮らし、一日中祈りを捧《ささ》げ続けたのだそうだ。

千夜通いはただ通うだけではない。多くの試練を越《こ》えて、やっとできるものだ。それは人の身にはひどく大変なことばかりなのだという。

「それだけの祈りをもって我に望んだのは我が力のすべてだったのだ。我はその者の獣の穢れによって囚《とら》われてしまった」

「え？　青竜様にも獣の穢れが影響《えいきょう》するのですか？」

「我は鱗《うろこ》あるものの始祖故、わずかではあるが影響を受ける。わずかでも生まれた隙《すき》をつかれ、存在と神気を奪われ、魂魄《こんぱく》のみの姿となってしまった」

神が持つのは肉体ではない。渾沌も青竜も人の姿や獣の姿を有しているが、正しくは血肉の通った肉体とは少し違《ちが》うらしい。

力を奪われるという事はその「存在」を奪われるという事。

青竜は淡々《たんたん》と語るが、それは凄《すさ》まじく緻密《ちみつ》に計算され渾身《こんしん》を込めた計画だったに違いない。

神の存在を奪うなんて。

「なに、簡単なことよ。千夜通いをした信心のある女を仮初《かりそ》めの妻とした。そしてその女は我を裏切り存在を奪ったのだ」

「なんてことを……」

「我らは現界に顕現《けんげん》しているときには妻を必要とする。渾沌にお前がいるように。……妻は我に毒を盛り、眠《ねむ》りに落ちたところで獣の穢れによって身を縛《しば》った。後はもうあっという間よ。気づけば我が廟《びょう》は破壊《はかい》され、毒と呪詛《じゅそ》によって我は僅かな神気のみとなって亀裂の底に沈《しず》んだのだ」

その女とはレンザのことだ。レンザは渾沌たちの目にも穢れを隠《かく》しきったように、青竜にも本当の姿を隠して近づいたのだろうか。

なんと強《したた》かな女なのだろう。

『人の身には過ぎたる力だ。自滅《じめつ》するのも近いだろう。……だが、それを待つ気はないのだな？』

青蓮の膝に頭をのせてじっと話を聞いていた渾沌が、頭を上げて青竜に問う。

「自滅まで待てば、魂魄が救われまい。人への慈悲《じひ》だ。その前に我が下そう」

青竜は何の感情もない表情のままだが、ほんの少し柔《やわ》らかな声音で言った。

『では、あの女を倒《たお》すために俺も力を貸そう。目的は同じだ。あの女を打ち倒せば我が国の勝利だ』

そして、釣り合いは取り戻《もど》され、歪みは正される。

「そうか、人間であるはずのレンザが人の身を超《こ》えた力を持ったから、世界の釣り合いは崩《くず》れてしまったんですね……」

青蓮の言葉に渾沌は深く頷く。

『そうだな。俺が天に起こされたのはこれが原因だったのだろう』

「そういうのって最初に天啓《てんけい》があったりしないんですか？」

『ないな。あっても無くてもやることは変わらん。俺は敵を屠《ほふ》り、獣人の国を護《まも》りぬくだけだ』

渾沌はぐるると喉を鳴らす。

「獣の王らしい言葉よな」

青竜が銀狐の顔で微笑《ほほえ》む。

「あ……」

それは青蓮が初めて見た、青竜の感情がしっかりとこもった表情だった。

■第拾弐話《じゅうに》　青蓮《チンリエン》の戦い。

遠くで火の手が上がっている。

渾沌《フウブン》と青竜《チンルオン》の諍《いさか》いが回避《かいひ》できたとはいっても、白夜皇国《びゃくやこうこく》はいまだ戦《いくさ》の最中《さなか》にあり、国境の方では小規模な戦闘《せんとう》が引っ切り無しに続いている。

青蓮《チンリエン》は夜が明けたら渾沌と共に、再びあの国境の村へ向かう。

そこには必ずレンザとシェムハが待ち構えているはずだ。もし居なかったとしても、二人が姿を見せれば必ず駆《か》けつけるだろう。

彼らの目的は渾沌と青蓮なのだから。

「渾沌様……」

霊廟《れいびょう》の奥、宮城で一際《ひときわ》高い塔《とう》の上、渾沌と青蓮は身を寄せ合うようにして夜空を見ていた。

『見えるか？　青蓮。この先、ずっと先にレンザとシェムハがいる』

「目には見えませんが、気配は分かります。青竜様と同じ気配。かすかだけれど、確かに」

青蓮はそう言うと、隣に伏《ふ》せるようにして座っている四つ足の渾沌の首に寄り添《そ》った。

艶《つや》のある毛皮は怪我《けが》をしていた時とは比べようもなく熱く、渾沌の中に力が漲《みなぎ》っていることを知らせてくる。

「なぜ、そんなにも人間は獣人が憎《にく》いのでしょうか……元々俺の国では獣人奴隷《どれい》は少なかったと聞いています。親たちに聞いても獣人に特別含《ふく》みを持ってはいなかった」

『夜楼国《やろう》は人間の国の中でも特に栄華《えいが》を誇《ほこ》っていた。獣人だけではなく、人間の奴隷も沢山抱《たくさんかか》えていた。人間の頂点にでも立った気でいたのだろう。最後は獣人だけでなく人間からも攻《せ》められて陥落《かんらく》した』

青蓮がそっと渾沌の首の毛を梳《す》いてやると、渾沌はくるると嬉《うれ》しそうに喉を鳴らした。

「五百年前の夜楼国との戦いでも、渾沌様は戦われたのですか？」

『ああ、そうだ』

「五百年……」

同じ世界に縛られてはいるが、渾沌が人でも獣人でもないことは分かっていた。

それをまさか神と呼ぶほどの存在だとは思わなかったけれども。

少ししゅんとなった青蓮に、渾沌はグイッと頭を寄せて言った。

『お前にさみしい思いはさせない』

「え？」

『お前がこの世を去る時。俺はお前の御霊《みたま》を抱《だ》いて常夜の国に帰ろう。同じ廟で共に眠りにつくのだ』

「そんなっ、渾沌様っ！」

『これは俺に寄り添うお前への報償《ほうしょう》だ。お前はそれだけの働きをした。怖《こわ》い思いも沢山させた。守ると言って苦しい思いもさせてしまった。この戦が終わった後はもう二度とそんな思いはさせない。共にあろう、青蓮』

くるると再び喉《のど》を鳴らして、渾沌は茫然《ぼうぜん》としている青蓮に頬《ほお》を寄せた。

「……それでは、渾沌様のお役目が……」

青蓮は震《ふる》える手で渾沌の襟足《えりあし》を撫《な》でる。

常夜の国へ共に帰る。それは、渾沌も一緒《いっしょ》に死ぬということ。

それほどまでに愛されているのだという喜びと同時に、神である渾沌が自分と一緒に役目から降りるなんてことが許されるのだろうかと不安になる。

『役目なんぞ在って無いようなものだ。俺はお前と共にありたい。その為《ため》に天帝《てんてい》にこの命を還《かえ》すことは何の問題もない』

「渾沌様……」

青蓮は心の底から幸せを感じた。

そっと寄り添ってくる渾沌に応《こた》えるように、青蓮もその首にギュッと抱き着いた。

こうしていると胸の中に温かく甘いものが満ち溢《あふ》れてくるような気がする。

(渾沌様が持ってきてくれた杏《あんず》を思い出す……)

最初はどうなることかと思っていた。オメガだからと望まれた婚姻《こんいん》が上手《うま》く行くのかも不安だった。

雨雲とともに青蓮の馬車までやってきたり、発情期が来た時にいきなり血を浴びせられたり、やることなすこと滅茶苦茶《めちゃくちゃ》で、しかも本性《ほんしょう》は恐《おそ》るべき四つ足の獣。

（だけど、俺だけを真っ直《す》ぐに思ってくれた）

窓辺にそっと置いてくれた杏の実を食べた時に、こんな滅茶苦茶な人だけど愛してくれているのだと感じた。

「お慕《した》いしております。渾沌様。この命果てる時まで、どこまでもご一緒させてください」

青蓮は少し顔を上げ、こちらを見つめる渾沌の顔を見る。

大きな獣《けもの》の顔だ。口には牙《きば》があり、赤い瞳《ひとみ》は血の色をしている。

（でも、これはすべて……）

青蓮は渾沌の顔を挟《はさ》むようにそっと手を添えると、その鼻先にそっと口吻《くちづ》けた。

くるるっと機嫌《きげん》のよい唸《うな》りが聞こえる。

青蓮はもう一度その首にすがりつき硬《かた》いけれども艶やかな被毛《ひもう》に顔を埋《うず》めた。

『青蓮……』

渾沌も愛《いと》おし気に自分にしがみつく青蓮へもっとすり寄ろうとした時に、何者かの気配を感じた。

『……青竜』

渾沌が体をこわばらせたので、何事かと顔を上げた青蓮もその存在に気が付く。

「青竜様！」

青竜が涼《すず》しげな顔でそこに立っていた。

「仲睦《なかむつ》まじく善きことよ」

「そう思うなら邪魔《じやま》をするな』

ぐるるっと威嚇《いかく》するように渾沌は喉を鳴らして言った。

「ふふ、そうは言っても、依《よ》り代《しろ》が今すぐに声をかけねば体を返せと言うのでな。仕方なくだ」

「兄さん……」

青竜の依り代――銀狐《ユインフウ》らしい話だ。

渾沌をライバル視している銀狐がこの瞬間《しゅんかん》を逃《のが》すとは思えなかったが、本当に声をかけてくるとは。

『その依り代の話を真に受けるな。俺の憩《いこ》いのひと時を邪魔するんじゃない』

「それは申し訳ないな。では、邪魔した詫《わ》びに青蓮に良いものをやろうか」

「え？　俺に？」

「然様《さよう》。人間のお前に加護を与《あた》えられるのは私だからな」

青竜は人間の側の神様だ。

しかし、渾沌と交わろうとしている青蓮を人間と見ることができるのだろうか？

「神と番《つがい》になるお前にご祝儀《しゅうぎ》のようなものだ。事が終わったら授《さず》けよう」

「ありがとうございます。青竜様」

青蓮は慌《あわ》てて立ち上がって青竜に礼を言う。

渾沌は不意に立ち上がった青蓮を引き留めるように服の裾《すそ》を噛《か》んだ。

「渾沌様⁉」

「ふふふ、お前の旦那《だんな》はやきもち焼きだの。邪魔者《じゃまもの》は明日に備えて部屋に戻《もど》るとするよ」

『本当に邪魔しに来ただけか！』

「お前の番に良いものをやろうという話だ。悪くはあるまい」

早く帰れとばかりに渾沌は威嚇するような唸り声で返した。

「渾沌様、兄がすみません……本当に弟離《ばな》れできなくて……」

「ふん。まあ、良い。お前を娶《めと》るのは俺なんだからな」

グイッと再び服の裾を引かれて渾沌の方を振《ふ》り返ると、渾沌はいつの間にか獣人の形《なり》に戻って、二人で下に敷《し》いていた布を腰《こし》に巻いている。

「フ、渾沌様っ、なんでいきなり人の姿にっ⁉」

「こうせねばお前を抱《だ》きしめられないだろう？」

「わっ！」

力強い腕《うで》に抱きしめられ、髪《かみ》に口吻《くちづ》けられた。

「お前の匂《にお》いが戻ったな」

「は、はいっ、あのっ、穢《けが》れが祓《はら》われたので……」

腕の中で身の置き所に困りながら、おずおずと渾沌を見上げた。

こうしているだけで青蓮にも渾沌の強い香《かお》りが感じられる。オメガとしての性が戻っている。

傍《そば》にいるだけでも鼓動《こどう》が高まるような喜びを感じていたが、こうして抱きしめられるとそれがさらに強くなる。

熱い腕に囲われ、素肌《すはだ》の胸に頬を押し付けると、渾沌の鼓動が直接聞こえる。

掬《すく》い上げるように膝《ひざ》の上に乗せられ、二人の顔が同じ高さになる。

(渾沌様も……)

赤い瞳が真っ直ぐに青蓮を見つめている。

少し厚めの唇《くちびる》が笑《え》みの形を作っているのを見てうれしくなった。

(俺、愛されてるな……)

青蓮にも負けないくらいの渾沌の鼓動の高まりを鼓動で知り、体の中の熾火《おきび》が喜びとともに燃え上がってくるようだ。

(ドキドキしているのは俺だけじゃない)

青蓮も花がほころぶような笑みを浮《う》かべた。自然と溢れる気持ちが笑顔をつくる。

「渾沌様……」

「青蓮……」

互《たが》いの名を呼びながら、互いの顔を見合う。

そして、そのままゆっくりと顔を寄せ合い、唇を合わせた。

深く、もっと深くと唇を開くと、渾沌はぐるるっと喉の奥を鳴らす。

ゆっくりと離《はな》れた唇を名残惜《なごりお》しく感じていると、渾沌は青蓮を抱いたままいきなり立ち上がった。

「行くぞ」

そう言うなり渾沌は、塔《とう》を下りる階段ではなく物見台の端《はし》へとずんずんと歩いて行く。

「さっさと部屋に戻ろう。これ以上、あの赤狐《ぎつね》に邪魔されてたまるか」

「え、えええっ、えええええ！」

渾沌はそう言うや否《いな》や、青蓮を抱《いだ》いたままひらりと物見台の手すりを乗り越《こ》えた。

「ぎゃあああああああっ！」

飛び降りたのと同時に青蓮の色気の欠片《かけら》もない絶叫《ぜっきょう》が宮城に響《ひび》き渡《わた》り、駆《か》け付けた銀兎《ユインツー》と青竜に滾々《こんこん》と朝まで説教される羽目になった。

しかし、二人の長い説教よりも、気絶した青蓮が夜明けまで目を覚まさなかった方が、渾沌にはより応《こた》えたようだった。

夜が明けて、出陣《しゅつじん》を待つ隊の先頭に渾沌と青蓮は立っていた。

四つ足の姿に、赤い布をまとった渾沌の背に、青に銀の意匠《いしょう》が施《ほどこ》された軽甲冑《かっちゅう》を付けた青蓮が座っている。

騎獣を用意するという銀兎も断り、抱いて移動してやろうという青竜も断った。

渾沌の邪魔になるかもしれないと思ったが、それよりも二人が離される方が弱みになると渾沌に諭《さと》され、青蓮は渾沌の背に乗ることにした。

「重かったら言ってくださいね」

『大丈夫《だいじょうぶ》だ。子猫《こねこ》が乗っているより軽い』

そんな軽い戯《たわむ》れを見せつつ、二人は出陣に備えている。

「渾沌様、兵が揃《そろ》いましてございます」

皇帝《こうてい》が負傷し、今や総大将となった渾沌に軍隊長が告げた。

『よし、では出撃《しゅつげき》する。──俺の後ろに続け！　俺は道を拓《ひら》きお前たちを導こう！　そして、みな生きて戻れ、無用の死は望まん！』

渾沌の言葉と同時に、どうっと地が震《ふる》えるような声が上がる。

兵士たちが口々に鬨《とき》の声を上げているのだ。

渾沌に続き、祖国を護《まも》ろうと、獣人の誇《ほこ》りを奪《うば》われまいと戦いに行く者たちの声だ。

『青蓮、しっかり摑《つか》まっていろ』

渾沌は青蓮の重みなど感じないような軽快な動きで立ち上がり駆け出す。

続く兵士たちの足音を聞きながら、青蓮はぎゅっと渾沌の首にしがみついた。

今日の青蓮は腰に刀も佩《は》いている。

（渾沌様と共に）

守るなどと烏滸《おこ》がましいことは言えない。

自分自身が生き抜《ぬ》いて、渾沌の手間とならず、渾沌の傍に寄り添《そ》うことこそが青蓮の役目。

（必ず……）

青蓮にもう何も迷うことはなかった。

◇

これが最終決戦となるのは、間違《まちが》いなかった。

緑楼国《りょくろう》は捨て身の攻撃《こうげき》に出る。

夜楼国をつぶされ、奴隷《どれい》である獣人どもが国を成すなど、こんな屈辱《くつじょく》があるだろうか。

その屈辱を晴らすのは夜楼国王族の悲願だった。

かつて大陸の中央に栄華《えいが》を誇っていた夜楼国を再び取り戻したかった。

美しく豊かな人間の国。

しかし、それも今叶《かな》わぬ夢となり始めている。

「この責任をどうするつもりだ、レンザ王女」

声を尖《とが》らせ言葉を荒《あら》げているのはシェムハだった。

シェムハが夜楼国の復興を掲《かか》げて没落《ぼつらく》した王家の筋を国政に押し上げたのは、こんな風に暴走した挙句に自滅《じめつ》するためではなかった。

「お前はあのバケモノ王に突撃《とつげき》して殺せば何とかなると思っているようだがな、この敗戦は夜楼国の復興を百年は遅《おく》らせることだろうよ」

「そんなことはまだわからないわ。渾沌さえ殺せば逆転の好機はあるはずよ。あの時、邪魔《じゃま》さえ入らなければ、私は渾沌を殺せていた！」

しない。

「その邪魔はバケモノ王の味方に付いたようだぞ」

人間に加護を与《あた》えるという神――東方青竜《ドンファチンルオン》は意に染まぬ働きをした人間には加護なぞ与えは
その上、レンザがその身に宿した青竜の力はたった半分。

しかもその青竜に責められボロボロになったその体では力の真価を発揮することもできない。

「もう一度問う。どうするつもりなんだ？　何か策はあるのか？」

シェムハは目を眇《すが》めてレンザに問う。

シェムハの目的は王国復興の末に約束された莫大《ばくだい》な金だ。前払《まえばら》いで相当な金を貰《もら》ってはいた
が、この死にかけの王女と心中するつもりはない。

（レンザにはせいぜい大暴れして死んでもらわねばならん）

二柱の神を道連れにすることは難しかろうが、どちらか片方だけでも何とかしてもらいたい
ものだ。

このままでは自分まで呪《のろ》われて、レンザが敗れたのちも追われ続けることになってしまう。

「……青竜を取り込んで完全な形で力を手に入れるわ」

「そんなことができると思っているのか？　この間は青竜に手も足も出なかったじゃないか」

「あいつらの弱点は分かっているでしょう？　私には獣の呪詛《じゅそ》があるわ」

ギラギラと瞳《ひとみ》だけを異様に輝《かがや》かせたレンザが嗤《わら》うように言った。

青竜との戦いで傷ついたレンザに、もうかつての輝くような美貌《びぼう》はない。

(バケモノはこいつも同じか……)

獣の穢《けが》れを使い青竜の力の半分を略奪《りやくだつ》することには成功し、その力を己《おのれ》の体に宿すことにも成功した。

そこまでは良かったのだ。

運よく力を手に入れたレンザは暴走した。

(こうも形振《なりふ》り構わずあのバケモノに突《つ》っ込んでいくとは)

青蓮を誘拐《ゆうかい》し、おびき寄せた渾沌を傀儡《かいらい》として白夜皇国を乗っ取る。

途中《とちゆう》までは上手《うま》くいっていたかもしれないが、青蓮に逃《に》げられたときにすでに今の結果は見えていたのだ。

(利用するだけ利用しようと思ったが、この辺が潮時……)

次の戦いでは必ず渾沌と青竜が出てくるだろう。

そうなればレンザはもう理性など保つことはできずに襲《おそ》い掛《か》かるのは明白。

獣人で力任せな戦い方をする渾沌であっても、策もなく力任せに襲ってくる相手に引けを取るようなことはないだろう。

その上、向こうには青竜を身に宿した銀狐神仙もいる。

「今度こそ殺してやる……あのバケモノどもめ……」

殺気に目を輝かせるばかりの憐《あわ》れな女を見つめながら、シェムハは間近に迫《せま》っているだろう戦いからどうやって逃《のが》れるかを考え始めた。

◇

「渾沌様、火の手がっ！」

森を抜けるなり、空に幾《いく》筋もの煙《けむり》が立ち上っているのが見え始めた。

『銀兎！　村に残してきた兵の引き上げはどんな状況《じょうきょう》だ？』

「負傷した兵はすべて帰還《きかん》させました。村には二百の兵が警備のために残っております」

天馬に乗っている銀兎がすぐに隣《となり》に走り出て渾沌に報告する。

隊を率いている渾沌は加減して走っているため、騎獣に乗った兵士たちもなんとか追いついてきていた。

『二百か。少し足りんな』

「……はい」

『俺は先に行く。お前は他《ほか》の兵を率いて追って来い。途中、避難《ひなん》する村人たちがいたら保護を頼《たの》む。俺の戦いの加勢より優先しろ』

「それはっ……」

『お前たちの足では俺に追い付けん。お前たちが村に着くころには決着も付いているだろう。それならば逃げる民《たみ》を救え。それがお前たちの仕事だ』

「……御意《ぎょい》」

銀兎は何か言いかけて止《や》めて、くっと前を向くとはっきりと同意を示した。

「ご武運を！　渾沌様！　青蓮様！」

『おう』

渾沌は鷹揚《おうよう》にそう答えると一気に足を速める。

「ご武運を！　銀兎さん！」

青蓮は慌《あわ》ててそう叫《さけ》んだが、もうすでに声が届く距離《きょり》ではなかった。

『舌を嚙《か》むなよ、青蓮』

そんな青蓮を見て笑いながら声をかけ、渾沌はさらに速度を上げる。

その後ろにはただ一人青竜が涼《すず》しげな顔でついてくる。

『居《お》るな』

「ああ」

渾沌は青竜に短く言うと、青竜も簡素に答えた。

しかし、これで十分だった。この先に目的のものは居る。

「青蓮よ、お前に少し力を貸してやろう」

「え？」

渾沌の背に摑《つか》まっているだけでいっぱいいっぱいの青蓮が顔を上げると、青竜はそっとその額に触《ふ》れた。

触れた指先が冷たいと感じた瞬間《しゅんかん》、青蓮の視界が一気に開けた。

今まで感じていたのとは比べようがない位、広い範囲《はんい》を見渡《みわた》せるようなそんな爽快感《そうかいかん》が感じられたのだ。

「え？　ええ？」

「お前の視界を開き、刀を扱《あつか》うに困らぬ力を与えた。これで渾沌の背を下りても、己の身ぐらいは護《まも》れよう」

「あ、ありがとうございます！」

銀狐の顔が銀狐じゃない上品で楚々《そそ》とした笑《え》みを浮《う》かべる。

「獣の血の混じりがあるというのに、お前は清涼《せいりょう》な良い気の持ち主だな。私は水の眷属《けんぞく》、水に咲《さ》く花の名を持つお前とは相性《あいしょう》も良かろう」

「はい？」

きょとんと青蓮が問い返すと、不機嫌《ふきげん》そうな渾沌の唸《うな》り声が響《ひび》く。

「はははっ、焼もちか、心の狭《せま》い亭主《ていしゅ》を持つと大変だな」

「渾沌様はお優《やさ》しくて素敵《すてき》な方です！」

「少しばかり腹が黒いがな」

渾沌がぐるるっと喉《のど》を鳴らして立ち止まりそうになるのを、青竜は前を見るように指をさして促《うなが》して言った。

「腹の奥底まで黒いのが来たぞ」

渾沌が駆《か》ける先、村の入り口を護る大門の上に、ゆらりと黒い影《かげ》が立っているのが見えた。

「レンザ……」

まだ遠くで顔すらわからないほどの影だが、青蓮にもはっきりと分かった。

自分の中にちりちりと共鳴し合うような反発し合うような感覚が湧《わ》き上がってくる。

（あれは……）

今ならば彼女がなんであるのかはっきりとわかる。

（禍《わざわい》だ……）

四凶《しきょう》と呼ばれる渾沌は自分を「禍」だと言うけれど、獣人たちにとっては希望でもある。

しかし、今、目の前にいる女の姿をしたあれは、人でも獣でもない力を憎《にく》しみで塗《ぬ》り固めて、ただそれだけのために立っている。誰《だれ》を救うものでもない。たとえ彼女自身の望みを叶《かな》えたとしても、彼女の心すら救われない。

間違《まち》いなく人間にとっても獣人にとっても「禍」だ。

『刀を抜《ぬ》け青蓮。喉元《のどもと》に食《く》らいつくぞ』

「はいっ！　渾沌様」

渾沌の声に鼓舞《こぶ》されて、青蓮は腰《こし》に佩《は》いた刀を抜いた。

刀が手に吸い付くようになじむ。青竜の祝福はきちんと発揮されているようだ。

刀を両手で握《にぎ》っても、渾沌の背から尻《しり》が浮くこともなく、渾沌と青蓮はレンザの正面に飛び込んだ。

「おのれえええぇっ！」

レンザもただ出迎《でむか》えはしない。喉元に食らいつこうとした渾沌の腕《うで》をつかむと、周囲からあの獣の穢れが染《し》みついた縄《なわ》が渾沌に向けて投げつけられる。

渾沌を受け止めた瞬間、華奢《きゃしゃ》に見える女の身体《からだ》だが、その内に秘めた黒いものが爆発《ばくはつ》的に膨《ぼう》張《ちょう》するのが青蓮にも感じられた。

もう人間の姿をしていても人間ではないものなのだと改めて思い知る。

それでも、その事に怯《おび》えるわけにもひるむわけにもいかない。

「渾沌様！　背中は俺が！」

青蓮は渾沌を搦《から》めとろうとする縄を次々に切り落として行く。

青蓮の握った刀に触れると、呪《のろ》われてあれだけ強固に渾沌を苦しめていた縄は、溶《と》けるように解《ほど》けて切れた。これも青竜の祝福のお陰《かげ》なのだろう。

刀は思ったよりも軽く思うように動かせ、青蓮は渾沌に触れさせることなくすべての縄を切り落とした。

邪魔《じゃま》を排除《はいじょ》して、少しでも渾沌の助けになるように。

「ぐぅ……」

『観念しろ、女！』

縄を潜《くぐ》り抜けた渾沌の牙《きば》が一度レンザの喉元を狙《ねら》う。

しかし、レンザはずるりと体を滑《すべ》らせて渾沌の爪《つめ》と牙から逃れた。

「蛇《へび》のようですね……」

『青竜の力のうちだろうな』

「そんな能力が……」

『水に属するものだからな。形を変え囚《とら》われず流れ行くのは得意だ』

それに対して渾沌は火。変化と破《は》壊《かい》の為《ため》の力。

『次はその喉笛《のどぶえ》を食いちぎる！』

「忌々《いまいま》しいバケモノめっ！」

渾沌の牙が喉笛を捉《とら》え、その白い首に突《つ》き立てようとした瞬間。

二人が戦っている物陰《ものかげ》から一人の男が飛び出して、あっという間に青蓮の構える刀を短剣《たんけん》で弾《はじ》き飛ばした。

「あっ！」

「油断したな！」

黒い軽鎧《けいがい》を付けたシェムハが、刀を失った青蓮を渾沌の背から引き離《はな》した。

「よくやったわ、シェムハ。その男をこちらに寄越《よこ》しなさい」

レンザがにやりと笑う。

『青蓮っ！』

「おっと、動くなよバケモノ。動けばお前の嫁《よめ》は真っ二つだ」

シェムハが構える切っ先が、じくっと青蓮の喉に食い込む。

肌《はだ》が切れ血の流れる気配に、渾沌は低く唸るだけでじっと様子をうかがっている。

しかし、青蓮は慌てず、じっと自分の内に湧き上がるものを感じていた。

(力が……)

青竜が授けたという加護の力だろうか、体の奥から強い光のようなものが湧き上がってくるのだ。

(これならば……)

青蓮は銀狐が使っていた方術を思い出す。

集中して、内にあるものを研《と》ぎ澄《す》まし、それを刃《やいば》のように打ち付ける。

「来たれ、内なる刃よ」

言葉は青蓮の口から自然に紡《つむ》がれた。

「ひっ!」

『青蓮!』

シェムハが悲鳴を上げるのと渾沌が名を叫んだのは同時だった。

「我が刃よ、我に仇為《あだな》すものを討て」

青蓮の体が青い燐光《りんこう》を帯びた次の瞬間。

その光はまるで刃のように、青蓮の体を羽交《はが》い締《じ》めにするシェムハの体を貫《つらぬ》いた。

「ぐっ……がぁ……」

無数の光の刃に貫かれたシェムハは悲鳴を上げることもできずにその場にどさりと崩《くず》れ落ちる。

「シェムハ！」

代わりに悲鳴のような声を上げたのはレンザだった。

「よくもっ！　このっ」

青蓮に襲《おそ》い掛《か》かるレンザの前に渾沌が割って入り、その一撃《いちげき》を受け止める。

「渾沌様！」

『大丈夫《だいじょうぶ》だ、この程度』

「そうだな。それ以上傷を負う必要はない」

「え？」

事態がまずい状態で膠着《こうちゃく》しかけたが、それを破ったのは今まで後ろに控《ひか》えていた青竜だった。

「お前はまだ私の力を望むのか？」

青竜は涼《すず》し気な顔で言う。

「もちろんです！　青竜様！　私にお力を賜《たまわ》れば、必ずや青竜様にこのバケモノを捧《ささ》げ、青竜様を信仰《しんこう》する人間の国を復興いたします！」

青竜の言葉にレンザは歓喜《かんき》を露《あら》わにする。

あれだけ苦しめられたのに、レンザはまだ青竜に乞《こ》い縋《すが》った。

「……憐《あわ》れな」

その様を見て、青竜はぽつりと呟《つぶや》いた。

しかしその呟きはレンザには届かず、レンザは叫《さけ》ぶように言った。

「お力を賜りくださいませ！　さすれば必ずやこの獣を青竜様に！」

「良かろう。せめてもの慈悲《じひ》よ」

青竜の言葉にレンザは瞳《ひとみ》を輝《かがや》かせる。

「おお、おお、青竜様……」

ふらふらと青竜の前に歩み寄り、レンザは膝《ひざ》をついて祈《いの》りの姿をとった。

「我が一族の悲願。どうぞ、今、この時に」

「我が眷属《けんぞく》を名乗る女よ。我が力をお前の体の中に」

青竜がレンザの前に手をかざす。

「えっ……」

青竜の手のひらに生まれた青い光の珠《たま》のようなものが、すうっと水に溶けるようにレンザの体の中に吸い込まれて行く。

「あ、あぁ、ああ……」

レンザの体は淡《あわ》く青く輝き、痙攣《けいれん》するように細かく震《ふる》えながら立ち上がった。

「あああ、あああああ……」

苦悶《くもん》とも恍惚《こうこつ》ともとれる声が唇《くちびる》から溢《あふ》れる。

すでに言葉は成していない。

声はどんどんと高くなり、悲鳴のように辺りに響《ひび》き渡《わた》った。

「これは……」

震える青蓮の声に青竜が答えた。

「女が望んだものを体に入れてやっただけだ。その器《うつわ》では我が神気は受けきれないようであるがな」

そんな話をしている間にも、レンザの体が黒く染まり始める。

「感謝する、四凶《しきょう》の渾沌よ。お前の計らいでこの女をここまで追い詰《つ》めることができた。このままお前に任せてもよかったが、これ以上、要《い》らぬ穢《けが》れに身を投じることはあるまい」

青竜が力を貸さない以上、渾沌が負けることはなかったと思われるが、レンザと戦えばそれだけ穢れに触《ふ》れる。

呪詛《じゅそ》がどのような形になって渾沌に響くかわからない以上、無用な穢れは受けない方が良い。

「我が眷属が迷惑《めいわく》をかけたな」

皆《みな》がじっと見守る中、青竜の声が淡々《たんたん》と響く。

そしてレンザの体は泥《どろ》人形が乾《かわ》き風に崩れるように、ほろほろとその存在が崩れて行った。

そんな風に崩れながらも、レンザは苦痛の悲鳴を上げる。それは呪《のろ》いと穢れの濃《こ》さを知らしめるようだ。

「見るな」

渾沌は四つ足から獣人《じゅうじん》の姿に変わり青蓮をしっかりと抱《だ》きしめ、その目を大きな手で覆《おお》った。

「これ以上、お前が辛《つら》いものを見る必要はない」

「渾沌様……」

渾沌の腕《うで》に抱《いだ》かれ、青蓮は、上がり続けるレンザの断末魔《だんまつま》の声を聞いた。

「この女が死ねば、戦《いくさ》は終わる。夜楼国の王族の末だ。これでやっと終わる」

青蓮は言葉が出ずに、ぎゅっと渾沌にしがみついた。

美しき復讐《ふくしゅう》者の舞台《ぶたい》は、こうして幕を閉じたのだった。

■最終話　末っ子オメガ、獣人王の花嫁《はなよめ》となる。

レンザの遺体は緑楼《りょくろう》国側の兵に引き渡すこともできないくらい跡形《あとかた》もなく朽《く》ちた。

渾沌《フウブン》は朽ちて果てたレンザの跡《あと》を見つめる青蓮《チンリエン》をずっと抱きしめていた。

こうして終わった今、彼女を憐れだと思うのは勝者の傲慢《ごうまん》でしかない。

でも、それでも、青蓮は彼女を憐れだと思った。

彼女が囚われていたのは過去の因習。

没落《ぼつらく》した王家の血筋だというだけで、何百年も前に無くなった国を取り戻《もど》せと、幼い頃《ころ》から背負わされていたのだ。

「それでもな。あの女は間違《まちが》っていたのだ」

「青竜様《チンルオン》？」

青蓮の心を読んだかのような返答がなされた。

渾沌の腕の中から青蓮が顔を上げると、渾沌の隣《となり》に立った青竜が薄《うす》く笑《え》みを浮《う》かべて立っている。

「幼き頃から大人たちの思惑《おもわく》に囚《とら》われていたかもしれない。それは女の罪ではないが、その夢に縋ったのは過ちよ」

「夢に縋る……」

「あの女は昔の様に沢山《たくさん》の奴隷《どれい》を従えた国を取り戻すことが栄華《えいが》と思っていた。しかし、そうではないのだ。奴隷を従え栄えた国は天が過ちであると断じて滅ぼされたのだ」

「俺たちは神と呼ばれたりもするが、真《まこと》の意思は天に在る。天は、この世は人のものでも獣のものでもないとしている。故《ゆえ》にどちらかが偏《かたよ》ることを良しとせず俺たちを遣《つか》わす」

渾沌が、腑《ふ》に落ちないという顔をした青蓮の髪《かみ》を優《やさ》しく撫《な》でながら続けた。

「白夜皇国《びゃくやこうこく》も歪《ゆが》み始めていたのだ。世襲《せしゅう》制を辞めて実力優先にしたのは良かったが、それはまた力に偏る結果となった」

「それは獣人たちの国が人間に虐《しいた》げられないために……」

「一国が大きな力を持てば必ず戦になる。白夜皇国が力を振《ふ》るわずとも、それを恐《おそ》れた周辺の国が動くこともある。そういう火種を抱《かか》えてはならないんだ」

「そういうことであるか」

青竜が突然《とつぜん》同意を示した。

「なんだ？」

「何故《なぜ》、我が半覚醒《かくせい》とはいえ天の示しもないのに目覚めたのかということだ」

「お前はあの女の祈りに応《こた》えたと言ってなかったか？」

「それもあった。しかし、天の示しもあったのだろう」

「どういうことですか……？」

「お前たちだよ」

青竜はにっこりと微笑んで言った。

戦が終息の気配を見せる中その場を兵士たちに任せて、渾沌と青蓮、そして青竜は、宮城に戻り渾沌の私室で卓《たく》を囲んで座っていた。

「あの女が死んで我が力は戻った。今ならば、私の加護をお前に与《あた》えることができよう」

「加護？　それでしたら、すでに頂いているのでは？」

それはあの時方術を使うことができた不思議な光のことではないのだろうか？

「私はあの女たちに力の半分を奪《うば》われた時に、顕現《けんげん》した肉体を失った。このまま、この依《よ》り代《しろ》より抜《ぬ》け出れば、私は天に還《かえ》る」

「え、それって……」

「死ではない。――が、次に顕現するまで天に在り眠《ねむ》るのみ」

「力を取り戻したのに？」

「そうだ。そして次の顕現を待つ間に存在は癒《い》え力は取り戻せる。だから青蓮、お前に今の私の力をやろう」

「ええっ⁉」

びっくりして上げた青蓮の声に、膝の上の渾沌も驚《おどろ》き目を覚ました。

『勝手なことを言うな。俺の嫁《よめ》だ。蛇臭《へびくさ》いのはかなわん』

青蓮もいきなりの申し出に慌《あわ》てる。

「ちょ、ちょっと待ってください！　俺はそんな力は要らなくて！　渾沌様と静かに暮らせたらそれでいいんです」

青蓮はどんどん進む話に待ったをかけた。

青蓮に青竜の力を受け取る気持ちはない。

今回のことで強く学んだ。過ぎたるものを持つことが、どんなに恐ろしいことかを身をもって知ったばかりだ。それでなくても人間は過ちを犯す。その時に身の丈《たけ》に合わぬものを持っていれば、どんな惨事《さんじ》になることか。

「お前はきちんと過ぎたる力の恐ろしさを学んでいる。それにな、我が力を得ばお前の悩《なや》みはすべて解決するぞ」

「え……？」

「なに、すべての力を受け入れろと言うのではない。我が力の一部をお前に下賜《かし》するだけだ」

青竜の力を青蓮が宿すことができても、それを自在に使うには人であるが故にレンザのように崩壊《ほうかい》してしまう。

だからそうならぬよう必要なものだけを与えると言うのだ。

「必要なもの……とは？」

「それは神の長き寿命《じゅみょう》よ」

「――っ！」

青蓮は思わず息を呑《の》んだ。

青竜の力を受ければ、青蓮は人間の寿命で尽《つ》きることなく、神である渾沌と同じ寿命を生きられる。

渾沌が青蓮の寿命に合わせて共に常夜の国へ行ってくれると言われた日から、青蓮はずっと悩み続けていた。

渾沌の言葉はとても嬉《うれ》しかったが、本当にそれは許されることなのかと。

渾沌にはこの国の末を見守る役目があるのに数十年の寿命でこの地を去ることは許されないだろう。

じっと黙《だま》って聞いていた渾沌が青蓮の顔を覗《のぞ》き込む。

『無理をするな。お前はお前であればいいのだ』

「しかし、渾沌様……」

青蓮は自分の悩みを渾沌に打ち明けた。

渾沌は問題ないと言うが、青蓮は素直《すなお》にそれには頷《うなず》けない。

「それが、お前の善きところでもあるのだがな」

平行線をたどる話し合いに渾沌はため息をつくが、それでもその眼差《まなざ》しは優しく、青蓮のすべてを受け入れてやりたいと雄弁《ゆうべん》に語っている。

「青竜様、もしそのお力をお受けした時に、俺は渾沌様に害をなすようなことはございませんか？」

「多少はあろうな」

「え⁉」

「お前は渾沌に抵抗《ていこう》することのできる力を得る。夫婦喧嘩《ふうふげんか》になった時は尻《しり》に敷《し》いてやればよい。

その程度のことだ」

「そ、それはっ」

揶揄《からか》われたのかと思うが、青竜は涼《すず》し気な笑みを崩《くず》してはいない。

こういうところも神という特別な存在だからなのだろうか。

青蓮もこういうものに近くなるのだろうか？

「不安はあろうが、それは杞憂《きゆう》であると言おう。お前には渾沌が居《お》り、この依り代もまたお前の助けになると言っている。青蓮、我と同じ色を名に抱きし者よ」

「は、はいっ」

「これは、此度《こたび》のお前の働きに対する褒美《ほうび》である」

どう返事をしてよいのか躊躇《ためら》っていると、膝《ひざ》に顎《あご》をのせていた渾沌がその鼻先でつんっと青蓮の手に触《ふ》れる。その手を伸《の》ばし、それを受け取れと。

「いいのですか……渾沌様……」

『……お前が選べばよい。何があろうと俺はお前と共にあるだけだ』

青蓮にはその言葉が何よりも嬉しい。

「ありがとうございます、渾沌様。俺も渾沌様と共に」

青蓮の答えは決まった。

「そんなこと、俺が許せるわけないだろ！」

青蓮が青竜の力を受け継《つ》ぐと決めてすぐに、猛反対《もうはんたい》をしてくる人物がいた。

青竜の依り代として体を明け渡《わた》していた銀狐《ユインフウ》だ。

戦《いくさ》が終わり、事の解決が見えたと判断したのか、青竜は銀狐の意識を表に出すようになった。

早速《さっそく》、銀狐は青竜を己《おのれ》の奥に引っ込ませ、青蓮を捕《つか》まえると強く反対したのだ。

「お前は方術の扱《あつか》いもわからないのに、いきなり神降ろしなんか耐《た》えられるわけがない！」

「兄さん……」

毎日一緒《いっしょ》にいたはずなのに、ずっと青竜が表にいたため、こうやって銀狐が感情も露《あら》わに怒《おこ》る姿が新鮮《しんせん》に見える。

「大体、お前もいいのかよ！　青竜って言ったらお前の対抗馬《たいこうば》じゃないか！　そんなもんに自分の嫁がなるんだぞ⁉」

『俺は構わん。青蓮は青蓮だ』

四つ足の姿のまま長椅子《ながいす》に寝《ね》そべり、青蓮の膝を枕《まくら》に渾沌はくわっとあくびをしながら言った。

「俺は反対だ。レンザたちを見て、過ぎたる力が如何《いか》なものかはわかっただろう」

「兄さん、それは俺も考えた。でも、俺が青竜様から力を貰《もら》い受けることで、渾沌様が俺のことを気に病《や》まずにお役目を果たせるのなら、俺にはそれが一番なんだ――だから俺は青竜様の力を受け継いで神仙になる」

青竜の力を正式に受け継ぐことで青蓮は神仙を名乗ることになる。

神と人の中間にあるものをさす神仙は、強大な方術士として戦で名を馳《は》せた銀狐にも与えられている名でもあるが、それ以外にも、極稀《ごくまれ》に神からの祝福を受けたものも神仙と呼ばれる。

神からの祝福を受けたものは、体にその祝福の証《あかし》が現れ、祝福を与えた神と等しく敬われることになるのだ。

「よし！　ならば婚儀《こんぎ》は延期して俺と修行《しゅぎょう》に出よう。お前がその力をきちんと制御《せいぎょ》できるようになるまで一緒に……」

銀狐は青蓮の手を握《にぎ》りしめ、今すぐにも宮城を出ようと言うが、さすがにそれは渾沌が遮《さえぎ》った。

『それは許可できん。それに何かあっても俺が封《ふう》じ込めるから大丈夫《だいじょうぶ》だ』

すかさず渾沌が盛り上がる銀狐を黙《だま》らせる。

しかし、銀狐も負けてはいない。元々反りも乗りも合わない同士だ。すぐに反論が飛び出してくる。

「封じ込める？　レンザにしてやられたお前に何ができるんだ？」

銀狐はこの国では青蓮の従者にあたる身分に過ぎないが、そんなことは気にせずに次期皇帝《こうてい》の渾沌に食って掛《か》かった。

バチッと渾沌と銀狐の間で火花が散ったように見えたが――。

「ちょっと！　いい加減にしろよ、兄さん！」

青蓮がすかさず割って入った。

「渾沌様だって俺だって納得《なっとく》してるのに、兄さんが何で口出すの!?　渾沌様と結婚《けっこん》するのも、青竜様からお力を授かるのも俺でしょ！」

「いや、その、だから危険だとな……」

「そんなの百も承知！　誘拐《ゆうかい》された時も、青竜様の祠跡《ほこらあと》に行った時も、レンザたちと戦った時も、いつもいつも危険だった！　でも、それでいいんだよ！　俺はこの国の皇帝妃《こうていひ》となって、国を護《まも》る渾沌様にお仕えするの！」

「青蓮……」

完全に言い負かされた銀狐を見て、渾沌と青蓮に茶を持ってきた銀兎《ユインツー》がくつくつと堪《こら》えきれぬように笑った。

「華風《かふう》の神仙も形無しですね。青蓮様は立派な皇帝妃になられましょう」

銀狐は面白《おもしろ》くなさそうに眉《まゆ》を顰《ひそ》めるが、銀兎は構わず話を続けた。

「それよりも、青蓮様へのお力の譲渡《じょうと》、如何な儀式《ぎしき》が必要かご相談させていただきたいので、そろそろ青竜様とお替《か》わりいただけますか？」

「――なに、特別なことは何もない。我が与《あた》えると宣言し、それを青蓮が受ければ終わりだ」

急に銀狐の口調が変わり、青竜の意識が返答する。

こんな風に身体《からだ》の中に二つの意識があってもこの二人——青竜と銀狐は混乱もしていない。

「婚儀の前に形ばかりではございますが青蓮様の昇仙《しょうせん》の儀《ぎ》を行ってもよろしいでしょうか？」

「うん？　民草《たみくさ》の前で見世物になれと？」

「いいえ、そうではございません。儀式は渾沌様のお立ち会いはお願いいたしますが、青竜様と青蓮様のみでお願いいたします。私たちも外に控《ひか》えさせていただきます」

「特別に儀式は要《い》らぬのだぞ？」

「それでも、人間や獣人《じゅうじん》の社会では『名』というものが重要になることがございまして。青蓮様のお立場であれば、神仙という『名』は役に立ちましょう」

「オメガ性の青年よりは神仙であるほうが箔《はく》が付くというわけか」

獣人たちはオメガ性を軽《かろ》んずることはないが、戦で渾沌と共に戦った后妃《こうひ》に国民の期待が高まっている間に決定的なものが欲しかった。国内だけではない。国外にもいい牽制《けんせい》になる。すべて、渾沌と青蓮の世が平穏《へいおん》に長く続くために。

「下世話な話ではございますが」

「獣人たちの世も難儀《なんぎ》なことだ」

「ご理解いただき、ありがとうございます」

銀兎が深く頭《こうべ》を垂れて礼を述べると、青竜は一瞬《いっしゅん》満足げに微笑《ほほえ》んで、すっと表情を変えて言った。

「だから、俺は認めん！」

「……どういう仕組みなのですか？　そんなに簡単に入れ替わるもので？」

不意に銀狐に戻《もど》ったのを見て、銀兎は首をかしげる。

「私が青竜様とお話し中も、その会話は聞こえているのですか？」

「替わるし、聞こえる。自我が多少ぼんやりするが、入れ替わっても違和感《いわかん》はない」

「神を降ろしても身体に負担がない時点で驚《おどろ》きですよ」

「俺の中には渾沌様の気があるからダメだって兄さんは思ってるの？」

話を聞いていた青蓮は疑問を口にしてみた。

渾沌も青竜も問題はないと言うが、実際その身に降ろしている銀狐の意見が知りたい。

「……実際、すべての神気を譲《ゆず》り受けるとなったら問題はあるだろう。だが、必要な分だけであれば大丈夫だと思う。すでにお前は加護として方術が使えるほどの力を貰っても問題は起きていないしな……」

シェムハに捕《と》らわれた時に感じたあの光はやはり青竜の力だったのか。

「オメガ性の人間には巫女《みこ》だとか神官が多い。特殊《とくしゅ》な性であるが故《ゆえ》に、何かあるのかもしれないが……」

「獣人にはオメガ性が生まれないのでよくわからないのですが、青蓮様は渾沌様のご神気にも怯《おび》えることなく居《お》られます。それはとても御珍《おめずら》しいことなのですよ」

同じ獣人でもその強さに脅《おび》えが出るほどなのに、青蓮はそれを気にせず渾沌の隣《となり》にいる。

「銀狐のようなアルファと共に育ったからかとも思ったのですが、それ以外にも素質があられるのかもしれませんね」

銀兎がいつの間にか茶菓子《ちゃがし》まで用意して、饅頭《まんじゅう》の載《の》った皿を卓《たく》に置いた。

「そんなもんなのかな……。あ、そういえば銀兎さんは青竜様の眷属《けんぞく》とおっしゃっていましたね」

「私はオオトカゲの獣人なので、竜には遠くつながるものだとされています。それ故でございましょう」

銀兎がそっと額の鱗《うろこ》に触れる。

それは玉虫色に輝《かがや》く美しい色をしていた。

「青竜様のお姿も同じお色なんでしょうか？」

「伝承ではそう謳《うた》われておりますね」

「残念ながら、顕現《けんげん》した時の器《うつわ》を失った故、姿を見せることができぬのが残念よの」

不意に銀狐が青竜に入れ替わる。

「俺に見えていたのはお姿の影《かげ》ばかりだったので残念です」

「では、お前にもわかるように我が印を残してやろうな」

そう言うと、青竜はすっと青蓮の額を撫《な》でた。

「えっ……えええっ！」

冷たいその指が触《ふ》れた瞬間《しゅんかん》、まるでそこから溢《あふ》れるような熱と光が体中を走り抜《ぬ》けた。

痛みはない。ただ、ただ大きな何か、膨大《ぼうだい》な力が、自分の中に爆発《ばくはつ》的にあふれて——消えた。

『青竜っ！』

膝《ひざ》の上にいた渾沌が毛を逆立てて唸《うな》りを上げる。

「善き人の子よ。お前に加護を与えたものがいたことを忘れるでないぞ……」

そう言うと、青竜は美しい微笑みを浮《う》かべてそのままその場に倒《たお》れ込んでしまった。

「青竜様!?　え、俺、何が……」

青蓮は訳も分からず、触れられた額に手をやると、そこには今まで感じたことのない感触《かんしょく》がある。

「え？」

「くそっ！　あの蛇《へび》め！　俺の番《つがい》に印を刻むとは！」

思わず人の姿に変化《へんげ》した渾沌にぎゅうっと抱《だ》きしめられた。

「印？」

「はい、青蓮様の額に、青竜様の御印が……」

青蓮の額には人の指先ほどの鱗が三枚、蓮《はす》の花のような形で現れていた。

それは美しい青で、青蓮が顔を動かすたびに水面《みなも》に光が躍《おど》るように輝いている。

「昇仙、おめでとうございます。青蓮神仙《チンリエンシエンシイエン》様」

銀兎が青蓮の前に膝を折り深々と頭を下げた。

儀式なく終わってしまったが、青竜からの祝福と御印を受け青蓮は神仙となった。

「俺が……神仙……」

渾沌に抱きしめられているので額に触れることはできないが、そこに何か輝くものがあるのは感じた。

見える光ではない。視力を失っていた時に感じていたあの光り輝く何か。

それが青蓮の額にある。

「青蓮、青蓮、そんなものすぐにとってやるからな、気持ち悪くはないか？　痛くはないか？　大丈夫《だいじょうぶ》か？」

渾沌が青蓮を抱きしめたまま、その額をごしごしと擦《こす》る。

印と言われたそれは痛くなかったが、擦る渾沌の手が少し痛い。

正直にそう言うと、渾沌は頭の上にいつもピンと立てている耳をまっ平《たいら》になるほどぺしゃりと寝《ね》かせて、きゅうんと仔犬《こいぬ》の様に喉《のど》を鳴らした。

「渾沌様、俺はこの印に負けぬように渾沌様のお傍《そば》でお仕えいたしますね！」

ふんすと息も荒《あら》く青蓮が意気込みを語ると、渾沌は情けなく眉まで下げて「ああ、そうだな」と言ってから大きくため息をついたのだった。

こうして、予期せぬ事態ではあったが、無事に青蓮は青竜の力を貰《もら》い受けた。

美しい青い鱗の蓮の花を額に抱《いだ》いた青蓮は、白夜皇国の民《たみ》にこの先末永く愛されることになるだろう。

あの後、青竜が抜けた銀狐は意識を取り戻したが、青蓮の額にある印を見て渾沌と同じようなことを喚《わめ》きたてたが、銀兎に退場させられていった。

そして、青蓮は今、渾沌によって渾沌の寝所《しんじょ》に連れてこられている。

「え……と、渾沌様？」

青蓮は寝台の上に座らされ、その膝には獣人姿の渾沌が四つ足の獣の時のように寝そべって膝に頭をのせている。

それは良い。渾沌に膝を貸すのは青蓮も大好きだ。

しかし、今日の渾沌は青蓮を連れてきてからまったく口を利《き》かない。

黙《だま》って青蓮の膝に頭をのせ、不機嫌《ふきげん》そうにタシッタシッと太い尾《お》で寝台を叩《たた》くばかりだ。

（これは怒《おこ》ってるのかな……？）

自分の所有である青蓮に他者の印が刻まれたことは、渾沌にとっては間違《まちが》いなく腹の立つ出来事だろう。

しかし、この印を受けなければ、青蓮は渾沌に付いて長い時間を添《そ》うことはできないのだ。

（それは分かってくれたのだと思っていたけど……目に見える印が気に入らないのだろうなぁ……）

この印を消せるなら消してやりたいが、それができないことを青蓮は感じていた。

この印は青竜の加護だ。この印がある限り、青蓮が内に宿した力を暴走させるようなことなく、その力を巡《めぐ》らせてその器を支えることができる。

最後まで青竜には助けられっぱなしだった。

そんなことをつらつらと考えていると、ぺしっと軽く渾沌の尾が青蓮の尻《しり》を叩いた。

顔を見ると目を閉じているように見えたが、どうやらチラチラとこちらを見ていたようだ。

(これは怒ってるんじゃないな)

多分、すねているのだ。

渾沌も青蓮の額の印が何であるかは分かっているのだろう。

それが分かっているから、自分の所有物に名前を書かれるようなことをされても、一応は我《が》慢《まん》しているのだろう。

(随分《ずいぶん》と漏《も》れちゃっているけど)

青蓮はそうっと宥《なだ》めるように渾沌の頭を撫でる。

顔は他所《よそ》を向いたまま耳だけがピンと立って青蓮の様子をうかがっているのを見ながら、青蓮は黙々《もくもく》と渾沌の毛並みを指で梳《す》いてやった。

「良い匂《にお》いがするな……」

不意に渾沌が口を開いた。

「渾沌様も良い匂いがしますよ。草原を渡《わた》る風の匂いです」

青蓮は渾沌の背に乗せてもらった時に感じた風のすがすがしさを思い出す。

「お前は清涼《せいりょう》な水のような匂いだ」

「それは青竜様のお力をいただいたからですか?」

「……そうだな」

「お嫌《きら》いな匂いですか？」

「そんなことはない」

即答《そくとう》だった。

「お前から香《かお》る匂いがどんなものであっても俺がお前を厭《いと》うことはない」

「ありがとうございます。でも、渾沌様、俺は……」

「？」

言葉を潜《ひそ》めた青蓮を見上げるように渾沌が顔を上げた。

やっと正面から顔を見合わせることができた。

目が合うと渾沌は優《やさ》しく微笑《ほほえ》む。

そして、互《たが》いに引き付けられるように唇《くちびる》を合わせた。

いつか交《か》わした噛《か》みつくような口吻《くちづ》けと違《ちが》って、甘く溶《と》かされるようについばまれる。

唇が離《はな》れても、甘く優しく見守る瞳《ひとみ》は変わらない。あんなに怖《こわ》かった赤い瞳が、こんなに愛《いと》おしくなるなんて。

「俺は……」

青蓮はそっと渾沌の頬《ほお》に自分の頬を寄せて、絞《しぼ》り出すような小声で言った。

「……渾沌様と同じ匂いになりたいです」

「青蓮！」

渾沌がガバッと体を起こした勢いで、青蓮は寝台にコロンと転がされてしまう。

「ふ、渾沌様っ⁉」

渾沌は青蓮の上に四つん這《ば》いでのしかかると、荒い息を飲み込むように抑《おさ》え込んだ。

「お、俺はっ」

「はいっ！」

「お前を愛しているぞ！　青蓮！」

「渾沌様！」

渾沌の不器用だけれど真っ直《す》ぐな告白に、青蓮は感極《かんきわ》まって飛びつくように渾沌の首に縋《すが》りついた。

「俺もっ、俺もお慕《した》いしております……」

青蓮の腕《うで》の中でびびっと渾沌が体を震《ふる》わせる。渾沌も青蓮の言葉に喜びを感じてくれているのだ。

その様子を感じながら、青蓮はゆっくりと体を起こし、今までどんな時も外すことのなかった自分の首飾《くびかざ》りを外した。

番となるまで大切に守り続けて来たもの。オメガの純潔の証《あかし》。

「青蓮？」

シャラッと細工の飾りが音を立てて首から外れると、白くほっそりとしたうなじが露《あら》わになった。

そして、手をついて頭を下げてうなじを渾沌の前に差し出した。

「どうか、俺のうなじに渾沌様の御印《おしるし》をください」

「青蓮……っ！」

甘く名を呼びながら青蓮にのしかかろうとして、渾沌はぐっと眉間《みけん》に力を入れて何かを堪《こら》えるようにして体を引いた。

「え？」

ここで引くか!? と青蓮は慌《あわ》てて顔を上げようとしたが、再び渾沌に寝台に押し倒《たお》された。

渾沌が泣きそうな顔をして青蓮を見下ろしている。

「俺の本性《ほんしょう》は獣《けもの》だが、お前を最初に抱《だ》くときは同じ姿でと決めていた」

「はい……ですが、俺は四つ足の渾沌様もお慕いしておりますよ？」

自分を守るために幾度《いくど》も青蓮の前に立ちはだかってくれた四つ足の獣。

出会った時は恐《おそ》ろしかったが、どうしても渾沌から離れることは考えられなかった。今はあの恐ろしさすら、出会えた喜びが強すぎただけなのだとわかる。

「青蓮、俺のものに――」

今度はためらうことなく渾沌の腕が強く青蓮を抱きしめた。

「渾沌……さま……？」

うなじを噛んでもらおうと青蓮は背を向けたが、渾沌はすぐに噛みつかずに膝《ひざ》の上に抱《かか》えあげた。

背中から抱きしめられると渾沌は青蓮のうなじに顔をうずめ、ぐりぐりとまるで犬のように頭を押し付けてくる。

「ふふっ……」

そのしぐさが可愛《かわい》くて、愛しくて。

青蓮は思わず笑《え》みをこぼして、応《こた》えるように背後の渾沌に頭を押し付けた。

しばらくじゃれるようにしてくっつきあっていたが、やがて背から回されていた大きな手がゆっくりと合わせられた上衣《うわぎ》の前を開く。肩《かた》を滑《すべ》らせ、ゆっくりと肌《はだ》を露《あら》わにされると、急に羞恥《しゅうち》に襲《おそ》われた。

「ま、まって……」

「待てない。だめか？」

「だって」

見慣れたはずの渾沌の裸《はだか》ですら恥《は》ずかしいのに、背中に素肌《すはだ》を感じているだけでドキドキが高まりすぎて涙《なみだ》があふれた。

「泣くな、青蓮」

「泣いてません……」

「そうか？」

渾沌は青蓮の耳元に唇を寄せ、その耳朶《じだ》を甘く嚙みながら、はだけた胸に指を滑らせる。

「あっ」

指先が胸のとがりをくすぐられた。

「あ、やぁ……ああんっ」

きゅっと摘《つ》ままれてこねられると体の奥に電気が走ったようにビクッと感じて、思わず甘い声があがる。

その声にも恥ずかしくなって青蓮が思わず自分の口を手で押さえると、渾沌はそれを外すように手に手を重ねて、顔を背後に向けさせた。

（あ、食べられる……）

大きく口を開けて青蓮の唇を食《は》み、舌を絡《から》めて歯牙《しが》をくすぐる。

「んっ……ふぅ……んんっ」

口の中を散々いじられて、同時に胸も弄《まさぐ》られる。

指先がそのとがりをはじいた瞬間《しゅんかん》に再び嬌声《きょうせい》がこぼれるが、渾沌はそれごと飲み込んでしまった。

「んっ、ぁん……」

ピリピリとした刺激《しげき》と快感に、胎《はら》の奥が疼《うず》くような熱が溜《た》まり始めた。

青蓮は込み上げてくる疼きがもどかしくて、それを散らすように腰《こし》を揺《ゆ》らしてしまう。

「かわいいな……」

自分の膝の上で快感に悶《もだ》える青蓮を見て、渾沌もまた情欲《じょうよく》が高まるのを感じる。

胸から下へと手を滑らせ、だいぶ乱れてしまった帯を解いた。

するっと腰布が足を滑り落ち、青蓮の高ぶりが下衣を押し上げているのが見える。

「うぅ……はずかし……」

羞恥に混乱する青蓮を見て、渾沌は自分と向き合うように抱き直した。顔を寄せて頬を伝う涙を舐《な》めとり、渾沌の胡座《あぐら》を跨《また》ぐように座らせた。

青蓮は視界をふさぐように渾沌の首に縋りつき、その撥《は》ねた黒髪《くろかみ》に顔をうずめた。

そうすると渾沌の腕が背に回り、ぐっとより強く抱き寄せられると、途端《とたん》にふわりと強い雄《おす》の匂《にお》いがする。

「あ……」

胸を合わせて密着すると、青蓮も自分の胎のところにこわばりを感じた。

渾沌の高ぶりが青蓮の胎を押すようにあたる。

「青蓮……」

ぎゅっと抱き着いたまま小さく震えている青蓮を、渾沌はなだめるように軽く揺すっていたが、青蓮が落ち着くのを待って背を抱いていた手をゆっくりと下へと滑らせた。

「あっ、ふ、渾沌様？」

渾沌の腹に擦《こす》れる己《おのれ》の茎《くき》がかたく張って行く。

「んっ、ふ……」

火照《ほて》る唇《くちびる》を舐められて、ゆるりと忍《しの》び込む舌に探《さぐ》られる。

青蓮もそれに応えるように舌を伸《の》ばすと大きな犬歯に舌先がふれた。

「ふぅぶんさま……」

頬《ほお》を赤く火照らせ、舌足らずな声で嬉《うれ》しそうに言う。

大きな牙《きば》の獣姿の名残《なごり》がそこにある。頭をかき抱《いだ》くように腕を伸ばせば、その頭上にはすべすべの獣の耳が立っている。

これこそが青蓮の大好きな渾沌である証。

「青蓮……」

渾沌も嬉しさを隠《かく》しきれない。尾《お》が揺れる。望みに望んだ愛《いと》おしい体が腕の中にある。

向かい合った青蓮の小さな胸のとがりに舌を這《は》わせると、愛らしい声で高く鳴く。揺さぶれば、ぎゅっとしがみついてきて腹を蜜《みつ》で濡《ぬ》らし、自分のことを涙に潤《うる》む瞳《ひとみ》で縋るように見つめてくる青蓮が堪《たま》らなく愛しい。

「大丈夫《だいじょうぶ》か？　怖《こわ》くはないか？」

「だ、だいじょ、ぶ……ああっ」

心配そうに問う渾沌に肯《うなず》いて答えると、いつのまにか油のようなぬめりを纏《まと》った指先が青蓮の後ろへのばされた。

「あっ」

香油《こうゆ》のぬめりが青蓮を濡らし、つつましく閉じたそこに渾沌が指を滑らせた。

同時に胸を舐められ、たまらなく声をあげると、今度は軽く嚙《か》まれてしまう。

「や、ああ、あんっ」

きつく抱きしめられて身をよじることも許されず、繰《く》り返される愛撫《あいぶ》に青蓮は嬌声を上げ続け、いつしか隘路《あいろ》に深く入り込んだ指をきつく締《し》め付けていた。

「渾沌、さまぁ……」

名を呼び縋《すが》ってくる青蓮の体を揺らしながら、さらに締め付けてくる後ろをほぐすように指を躍《おど》らせた。

「あ、あ、ああ、あっ」

体を揺すりあげられ指が抽挿《ちゅうそう》を繰り返すと、体の中がとろとろと火であぶられたように火照り、吐《は》く息が、あげる声が、より甘くなる。

「あ、ああ、やぁ……あ……」

快感が熱病のように体を冒《おか》し、青蓮はくったりと力なく渾沌の胸に体を預けた。

「青蓮……」

渾沌は獣のようにぐるるっと喉《のど》を鳴らすと、ゆっくりと青蓮を抱き上げ、敷布《しきふ》の上にうつ伏《ぶ》せに横たえた。

「少しだけ堪えてくれ、お前のうなじに、俺の印を……」

「え……？」

青蓮は腰を抱き上げられ四つん這《ば》いにされると、その上に渾沌が覆《おお》いかぶさってきた。

決して青蓮に体重をかけているわけではないのだが、渾沌の胸が背に触《ふ》れると溶《と》けるかと思うような熱を感じる。

「俺の半身、俺の后《きさき》、俺の恋女房《こいにょうぼう》……俺の青蓮」

「渾沌さま……あ、あああっ」

柔《やわ》らかな尻《しり》を押し上げるように熱い楔《くさび》が押し当てられる。

ぐっと押し入るその圧に青蓮は背を震《ふる》わせた。

「ああ、ああっ、渾沌、さま……」

熱い楔が胎の奥を突《つ》くように入り込んでくる。

隘路をこじ開けられる度《たび》に甘い疼きが広がった。

胎の奥から熱いものがこみ上げて、圧《お》される度に気持ち良くて、ちかちかと目の前に火花が散るようだ。快感にぎゅっと潤んでいた瞳からは涙がこぼれ、開いた口からは繰り返すように愛しい人の名を呼ぶばかり。

快感にとろける胎の中を圧され、その存在を感じるたびに、愛おしさが募《つの》る。

好きで、好きで、好きで、好きで――

「ああんっ、やぁ……」

渾沌の熱い舌がうなじをひと舐めした。

そして――

「青蓮っ……」

「ああっ――！」

うなじに渾沌の犬歯が食い込んだ瞬間、青蓮は全身に震えが走り、同時に渾沌という存在をすべて受け入れたのだと知った。

青蓮に注がれたのは精だけでなく、渾沌という男の記憶《きおく》、青蓮への強い思い、欲情《よくじょう》、恋情《れんじょう》――あらゆるすべてが中へ注がれ、青蓮の何かと繋《つな》がった気がした。

青蓮はもう渾沌の名を呼ぶこともできずに、渾沌に注がれる激情に嬌声を上げ続けた。

胸の内にあふれてくるのは大きな喜び。

姉に命じられてお触書《ふれがき》の求めるままにここまでやってきた青蓮だが、心の底から渾沌の傍《そば》にいると決めたのは、間違《まちが》いなく青蓮の意志だ。

あとは、もう幸せの中に溺《おぼ》れるように、二人は身を躍らせるばかりだった。

◇

霊廟《れいびょう》の奥、宮城で一際《ひときわ》高い塔《とう》の上、獣《けもの》姿の渾沌と青蓮は身を寄せ合うようにして夜空を見ていた。

いつか見た時と同じ、夜明け前、青い空が星を湛《たた》えて天を覆っている。

渾沌は皇帝《こうてい》になり、青蓮は皇帝妃《ひ》となった。

四神と神仙の一対《つい》は、白夜皇国のみならず周囲の国々からも多大なる祝福を得た。

緑楼国《りょくろう》は衰退《すいたい》し今は民《たみ》が自治区として白夜皇国の援助《えんじょ》を受けながら再建を目指している。そんな白夜皇国の働きに、獣人の国だと態度を硬《かた》くしていた人間たちもその存在を受け入れざるを得なくなったのだ。

その上、皇帝となった獣人の花嫁《はなよめ》は額に東方青竜《ドンファチンルオン》からの加護を受けた神仙だと言う。

東方青竜への信仰《しんこう》の核《かく》をなしていたのは緑楼国だったが、人間の間では広く信仰されてきた神だ。その神の守護を受けた青年が獣人に嫁《とつ》ぐというのは人々の考えを揺《ゆ》さぶるに十分な出来事だった。

こうして、世は平穏《へいおん》を保っている。

これこそが天帝《てんてい》が望み、渾沌や青竜たちが果たすべき命だ。

◇

「渾沌様っ……」

初夏のまだ少し肌寒《はだざむ》い夜明け前、渾沌の暖かな毛皮に寄り添《そ》う青蓮の肌を、不埒《ふらち》な鼻先がまさぐる。

ふんふんと匂いを嗅《か》ぐようにして上着の合わせに鼻先を突っ込んでくるのを、青蓮は笑いながらその鼻先を愛しげに撫《な》でた。

渾沌と青蓮の間には三人の子供がいる。三人共男子で、長男は人間、次男三男は双子《ふたご》の獣人だった。

子供たちは世継《よつ》ぎになるわけではないが、皇帝のもとに生まれた子供たちは民たちから寿《ことほ》ぎを受けた。

子供たちはみな渾沌によく似ている。渾沌が言うには子供たちは神の資質を継《つ》ぐことはなく、普通《ふつう》の人間と獣人として生まれた。いつか、渾沌と青蓮はこの子供たちを見送ることになるだろう。

それでも青蓮は幸せだった。

子供たちは限りなく可愛《かわい》らしく、愛する夫は青蓮と子供たちにべた惚《ぼ》れだ。

「子供みたいですよ、渾沌様」

渾沌は変わらず青蓮を溺愛《できあい》している。

『お前を俺の母にした覚えはないぞ、恋女房だ。忘れるな』

「んっ、もう、忘れませんよ……」

渾沌が舌を伸ばし、ぺろりと青蓮の肌を舐《な》め上げる。

素肌《すはだ》を長い獣の舌でさりさりと舐められると、体の奥に疼《うず》くような熱が灯《とも》る。

『それとも青空の下で獣のように交わるのは好かんのか？』

「もう！　はしたないですよ、皇帝陛下！」

ぎゅうと胸にすり寄る頭を抱《だ》きかかえる。

渾沌がほんの少し身震《みぶる》いすると、撫でていた毛並みが柔らかく変わった。

渾沌の後頭部に顔を埋《うず》めていた青蓮が顔を上げると、褐色《かっしょく》の健康そうな肌の色が見えた。

「獣の脚《あし》ではお前を喜ばせるには足りないからな」

獣の長い鼻面《はなづら》から整った人の顔に変わっても、渾沌はぺろりと青蓮の唇《くちびる》に舌を這《は》わす。

「ああ、も、んっ……」

「お前はいつも良い匂《にお》いがする」

人の形《なり》をとっていても、渾沌の本性《ほんしょう》は獣だ。言葉より何より、相手の本質を嗅ぎ取る。

「ふふっ、渾沌様もお日様の匂いがします」

青蓮は引き寄せるように背に手を回し、すべらかな肌を抱き寄せる。

獣の姿の渾沌の背に跨《また》がった時も同じ匂いがした。刀を佩《は》いて、戦場を駆《か》け抜《ぬ》けた。あの時の頼《たの》もしさは今もずっと感じている。

「青蓮……」

耳元で名を呼ばれるとぞくっと背筋を何かが駆け抜ける。

幾度《いくど》も睦《むつ》み合い、子まで生《な》しても、それは変わらない。そわそわと落ち着かず、でも離《はな》れたくない気持ちがぎゅっと胸をつかむ。

渾沌は出会った時から変わらない。禍々《まがまが》しいほどに強く、物事にこだわりなく、恐《おそ》ろしいものを秘《ひ》めているのに、この世界を限りなく愛《いと》しんでいることも。

四凶《しきょう》もまた世界を司《つかさど》る神なのだと。

人間の横暴を窘《たしな》めるために、獣人の王として顕現《けんげん》した神。

二人で寄り添うようになって、渾沌と同じ目線に立って、その愛の深さを知った。

「俺は幸せです」

くすくす笑いながら、青蓮も頬《ほお》寄せてくる渾沌の頬をぺろりと舐める。

獣のように互《たが》いを舐め合いながら、二人は睦み合い、幸せを分かち合う。

あの夜、戦火の瞬《また》きと立ち上る煙《けむり》を見つめていた夜空には、今は満天の星が輝《かがや》き人々の眠《ねむ》りを見守っている。

青竜の神気を宿した青蓮にもわかる。

人間や獣人たちの穏《おだ》やかな眠りが広がっていることが。

このまま、人間と獣人が均衡《きんこう》を保ち、互いを尊重し、平和な夜が続けばいい。

「ずっとずっと幸せでいましょう、渾沌様」

癖《くせ》のある髪《かみ》を、頭の上に二つ並ぶ三角の耳を、青蓮はゆっくりと撫でながら渾沌に願う。

「ああ、お前が毎日笑って暮らせるように、俺はこの世界を保とう」

天帝からの命で世界を背負わされている渾沌は、そんなことを言って青蓮を甘やかす。

「俺も、渾沌様の傍でいつまでも笑って暮らして、この世界を保ちます」

青蓮も笑いながらそう言って、渾沌を抱きしめる。

末っ子オメガは、獣人王に嫁入《よめい》りした。

それは、とても幸せな一人と一匹《いっぴき》のお話として、末永く語り継がれる物語となる。

二人はそっと手を取り合って、唇を合わせた。

こうして、恐ろしいバケモノの獣人とその獣人をこよなく愛した青年は、末永く幸せに暮らしましたとさ。

あとがき

初めまして、貴津と書いてきづと申します。この度《たび》は『末っ子オメガ、獣人王《じゅうじん》の花嫁《はなよめ》となる』をお手に取っていただき、ありがとうございます。

オメガバースと中華風《ちゅうかふう》ファンタジーを書こう！　と思い立ち、いざ書いてみたら独自解釈《かいしゃく》満載《まんさい》の謎《なぞ》ファンタジーとなってしまいましたが、主人公である青蓮《チンリエン》と渾沌《フウブン》を世に送り出せたことに満足しております。

末っ子オメガである青蓮は平凡《へいぼん》な青年で、目立つような華《はな》やかさはないものの、番《つがい》である渾沌を愛し、相手を思う気持ちが彼を助け導きます。お相手の渾沌は人外の美丈夫《びじょうふ》、スパダリ枠《わく》を張れるかと思いきや、とんだ不器用っぷりを発揮し、それでもひたすらに青蓮を愛しています。

ですが、最初から最後まで二人きりでとは行かず、ブラコン極まった青蓮の兄・銀狐《ユインフウ》が乱入してきたり、無敵かと思っていた渾沌に更《さら》なる敵（？）が登場してきたり……と、書いている本人すら「ちょっと邪魔《じゃま》しないで！　二人をそっとしておいて！」とハラハラしながら書いておりました。

そんな登場人物たちに引《ひ》っ掻《か》き回され、物語は冒険《ぼうけん》に溢《あふ》れておりますが、この二人は始終相手を思い――いちゃいちゃラブラブしています。

幸せな二人がより幸せになるための物語が今作です。そんな幸せがいつまでも続くような気持ちを皆様《みなさま》と分かち合えたらと思っております。

今回のビジュアルは小禄《ころく》先生に描《えが》いていただきました。

小禄先生に決まりましたと言うお話と一緒《いっしょ》にキャララフをいただいたのですが、私の予想の上をいく二人に感動に打ち震《ふる》えておりました。

特徴《とくちょう》のある渾沌に比べると平凡男子と書いたものの外見描写《びょうしゃ》があまりない青蓮は難しいなぁと思っていたのですが、美麗《びれい》過ぎず、でもこんなに凛々《りり》しく描いていただき、我が子ながらイケメンになってくれました。渾沌も不器用ながらに青蓮を思う様子や、ライバル（？）の銀狐にドヤ顔しているところなど、生きている渾沌も楽しめます。

キャラのイメージだけではなく、衣装や口絵の背景なども本当にイメージ通りに仕上げていただいて本当に感謝しております。ありがとうございました。

最後に、拙《つたな》い私を支えてくださいました担当編集者様、編集部の皆様、この本に携《たずさ》わってくださったすべての皆様に、厚く御礼《おれい》申し上げます。

そして、数ある作品の中から本作を手に取ってくださいました読者の皆様に心からの感謝と御礼を申し上げます。

またいつか、お会いできましたら幸いです。

令和五年　葉月某日《ぼうじつ》　貴津　記す

末《すえ》っ子《こ》オメガ、獣人王《じゆうじんおう》の花嫁《はなよめ》となる
貴津《きづ》

角川ルビー文庫　23843

2023年10月1日　初版発行

発行者——山下直久
発　行——株式会社KADOKAWA
〒102-8177　東京都千代田区富士見2-13-3
電話 0570-002-301（ナビダイヤル）
印刷所——株式会社暁印刷
製本所——本間製本株式会社
装幀者——鈴木洋介

●お問い合わせ
https://www.kadokawa.co.jp/（「お問い合わせ」へお進みください）
※内容によっては、お答えできない場合があります。
※サポートは日本国内のみとさせていただきます。
※Japanese text only

ISBN978-4-04-114192-2　C0193　定価はカバーに表示してあります。

◇◇◇
本書は、第23回角川ルビー小説大賞で読者賞を受賞したカクヨム作品「末っ子オメガとバケモノの獣人。」を加筆修正したものです。